喬瑟與虎與魚群

魚たち

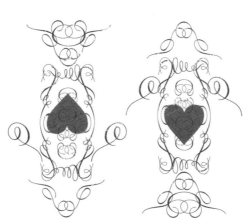

田邊聖子 *Tanabe Seiko*

劉子倩……………………譯

目次

茶太燙了喝不了

睽違七年的吉岡，戴著眼鏡。

他看起來像個糟老頭子，不過眼鏡更令人驚訝。亞久里連「你好」都來不及說，已忍不住脫口驚呼：

「天啊，你以前戴眼鏡嗎!?」

「不，以前沒戴，是從去年開始的吧……」

說不上哪裡不對，總之吉岡的長相變了。

不只是因為從青年邁入壯年。

男人都會衰老成這個樣子嗎？

吉岡應該才三十六歲而已。

「嘿嘿，嘿嘿嘿……」

吉岡不知怎地頻頻乾笑，脫下鞋子，「呃，我可以進去嗎？……你這公寓好大……是租的？還是買的？」

說著說著人便已登堂入室了。

「啊，怎麼可能……我哪買得起啊，當然是租的啦……這邊請。」

亞久里領著吉岡去面向戶外走廊的房間。這個房間基本上是會客室，但通常用來討論工作，所以室內陳設單調乏味。電視公司和電影公司的人總窩在這裡吞雲吐霧地討論好幾個小時，因此原本雪白的壁紙也已泛黃。除夕那天，也就是一年一度的大掃除時，抹布總是變成褐色又黏糊糊的，亞久里壓根不想把這裡裝飾得光鮮亮麗。

彷彿想強調「廉價沒啥不好」，擺的是臨時湊合的廉價沙發組。

牆上也沒有任何畫作，只有圖釘固定的月曆增添一抹色彩，就連那月曆，也因訪客們談公事時當成行事曆隨手記在上頭，只見不是被簽字筆塗黑就是畫了圈圈叉叉。

電視台的「晨間連續劇」由亞久里編劇時，主演的年輕女演員特地來訪，送了一個花瓶：

「老師，您這兒實在太殺風景了。這個送給您。」

現在插在邊桌上那個花瓶裡的鮮花，是剛剛買來的。接待洽公的訪客時她不會做這種事。

吉岡不同。

因為他是舊情人。

（好歹得妝點一些色彩。）

亞久里心裡不免這麼想。

不，其實，那個插花的花瓶，她本來打算放在後面的起居室，然後帶吉岡去起居室坐坐。

起居室不僅光線明亮，而且面山，風景也好。室內有美麗的窗簾與家具。

然而亞久里驟然改變心意，決定帶吉岡來這間殺風景的會客室。

吉岡穿著深藍色馬球衫，白色棉質外套，米色的長褲皺巴巴的。長相顯得蒼老，因此棉衣的優雅風情也不成風情，反倒顯得落魄粗俗。

八成日子過得不太好吧，昔日的溫文儒雅已不復見，然而那種教人無法討厭的平易近人氣質，倒是不見磨損，依然流露在言笑晏晏中。

（就是這樣才難纏啊。）

亞久里暗想。

有句話形容人家「拒人於千里之外」，但吉岡身上那種氣質是「引人於千里之外」，所以他從以前就桃花很旺。

「原來如此……你就是在這樣的地方工作啊？」

吉岡在沙發坐下，好奇地四下張望，但室內畢竟空蕩蕩的連一幅畫都沒有，他似乎有點不知所措。

「這裡是會客室。工作是在裡面的房間……」

「肯定很忙碌吧？沒想到你成了當紅的電視劇腳本家。賺翻了吧？」

「馬馬虎虎。」

「你變成名人，我都不敢接近了，亞久里……啊，不能這樣隨便喊你了，亞久里小姐。」

亞久里嗤笑一聲，在吉岡對面的椅子落座。

牆角有電視，電視櫃的腳下，放著電視公司經理為了獎賞亞久里寫的連續劇收視率長紅，特地頒發的獎狀，但獎狀被面壁反著放，所以訪客根本不知道那是什麼。

這時吉岡坐姿肅然一正。
「好久不見。真不知該從何說起……咱們幾年沒見了？」
「應該有六、七年了吧？」
亞久里說，其實她心裡那筆帳清清楚楚，自從七年前分手就沒見過。
邊桌的水壺隨時裝有熱開水，亞久里拿起來泡茶，一邊說道：
「今天是吹的什麼風？你居然會突然打電話給我，把我嚇了一跳。」
「嘿嘿，嘿嘿嘿嘿……」
吉岡也許是因為瘦了，整張臉小了一圈，亞久里發現他笑起來的時候額頭會擠出猴子似的皺紋。那讓她有點掃興，不由得撇開眼，但她對男人的身體記憶猶新。無論是從脖頸到肩膀的線條，或是被自己掌心撫過的觸感，迄今仍印象深刻，可那曾經熾熱的愛情已徹底淡去。
感覺有點像是鄉愁。
（——好像也有過這種情形吧……）
幾乎已遺忘的弦歌，猶如斷續鳴響的古老音樂盒。一週前的那個晚上，聽到聲音的瞬間，更令她驚愕。

她是在晚間八點左右接到電話。

「呃——請問是高尾亞久里小姐家嗎？就是那個《老媽淡然處之》的編劇……」

男人說。

有些觀眾不知從哪兒查到的，也會打這種電話來，因此亞久里語帶冷漠，低聲說：

「是的。」

其中也有人打電話來把她的作品罵得一無是處。

《老媽淡然處之》是亞久里寫的連續劇，講的是單親家庭的故事，正如劇名所示，是一齣喜劇。

「啊，是亞久里……小姐的聲音。是我啊。聽得出來嗎？」

「您哪位？」

「聽不出來嗎？那個……嗯——我是吉岡啦。」

其實對方報上姓名之前亞久里就已猜出來了，但她還是心頭怦然一動。這種「怦然」八成只是條件反射作用。或許是出於以前的習慣。

「不好意思突然來打擾。你現在很忙？」

「很忙。什麼事？」

工作時的亞久里，向來是這種態度，但吉岡似乎慌了手腳。

「打擾到你，真的很抱歉。——其實，我有點事情想跟你說啦。能不能見個面？」

「什麼時候？」

「那當然是看你方便的時候。因為你現在變得很有名，飛黃騰達了，那個，變得不大好說話……等你有空時，能給他見一面不？」

他用這種「能給他見一面不」——能不能見一面的說法，彷彿是站在中立的立場以替人緩頰的口吻替自己請求。那種語氣和昔日一模一樣，亞久里感到好笑，也有點懷念。

「可以啊，不過這週不行，我很忙。」

「我知道，幾時都行。」
「我只有下週三有空。」
「行啊，幾點？」
亞久里想，吉岡如果有工作，約白天可能不方便，可她不想晚上見面。闊別多年的舊情人，誰知道是抱著什麼打算要求見面，如果是晚上見面，難免會喝點小酒吃點東西，但她並不希望演變成那種氛圍。亞久里無意與吉岡復合，況且也萌生惡意的猜疑。
吉岡繼承了父親的公司，卻只維持了兩年，據說很快就宣告破產。亞久里懷疑，他該不會是來求助的吧。
這是三十二歲女人的戒心。
「下午兩點──可以嗎？」
亞久里說，吉岡立刻回答：
「行啊，我沒意見──去你家可以吧？」
「嗯……，你找我到底有什麼事？」

「這個等見面再說。不過話說回來，好久沒聽到你的聲音了。你一點也沒變耶。你現在幾歲了？」

「幾歲不重要吧！」

「啊，抱歉——不過你的聲音真令人懷念。光是聽到聲音就夠了，不是啦，因為我以為你或許不肯見我，所以心想至少能聽聽聲音也好。真開心，謝謝啦。」

電話掛斷後，那聲「真開心，謝謝啦」仍縈繞在亞久里的耳畔，令她少有地心旌搖曳。這種情形真的睽違許久了。

去年她與在劇中飾演配角的男演員走得比較近，男演員每次來大阪都會打電話給她，相約共餐，但關係並未更進一步。如果順利的話或許會有進一步發展，但亞久里很慎重，比起戀愛或偷情，工作更有意思。三、四年前她曾和電視公司的人交往過，但男人後來調職名古屋，再加上亞久里當時也開始走紅變得分身乏術，於是不知不覺自然就斷了關係。

現在的亞久里，工作源源不絕，過得很充實。這樣的人生中，男人那聲

「真開心，謝啦」格外滲入心扉。

（他就是那種人。）

亞久里在心中說。

（那傢伙！）

自私任性，嘴上說要和亞久里結婚，同時卻在和別的女人談婚事，居然還好意思若無其事對亞久里說：

「果然那個，我看還是不行啊。」

「『那個』是什麼？」

「我是說，我們的婚事。」

「啥？」

亞久里說。

「這種人生大事，你講得這麼隨便沒關係嗎？居然說什麼『果然那個還是不行』——哪有人像你這種說法的？」

即便如此，吉岡這個人，就是很不可思議地讓人恨不起來。

「對不起，原諒我。」

只要聽到他這麼說就會洩了氣。

「我也知道對不起你。」

亞久里當時還在市公所上班，失戀的那段日子，她覺得每天早上連起床的力氣都沒有。但是如果辭職會沒飯吃，只好擠出渾身力氣勉強工作。可她還是無法真的埋怨、記恨對方。

不敢頂撞父母的吉岡，一邊對父母不斷替他安排的婚事心懷忐忑，同時也未與亞久里分手。可是，如果亞久里問：

「對方是什麼樣的人？」

他會天真無邪說：

「嗯，是個美人喔。」

亞久里真想殺了他。但吉岡一邊又說：

「我啊，真的很痛苦。早上起床醒來後，發現一切都是夢，一想到躺在身邊的若是亞久里該多好，不知怎地，就忍不住掉眼淚。」

說完，他真的哭了。

「我其實很苦啊。」

光憑這點亞久里就原諒了吉岡，「真拿你沒辦法……」說著老掉牙的台詞，亞久里就此自請下堂。也墮過一次胎，但亞久里還是無法真的怨恨吉岡。

當她和電視公司的情人提起吉岡的事，男人捧腹大笑。

「真是個怪人，在父母面前也抬不起頭，被義理人情逼得痛哭，這簡直是近松話本（註：江戶時代文豪近松門左衛門的創作，近松被譽爲日本的莎士比亞）的古典世界嘛，他腦子有病吧。」

後來電視男動不動就拿「我其實很苦啊」這句話來揶揄，但在亞久里看來，「笑什麼笑，到底是誰腦子有病啊，家中已有妻小還在外面胡搞，同時還能擺平家裡瞞得一絲不漏，這種雙重人格才變態吧」。毋寧對那個電視男更不爽。

或許人與人相處真有八字合不合的問題。後來，比起和電視男太過激烈的露骨性愛，與吉岡那宛如歌舞伎「和事」（註：歌舞伎演出用語。俊俏男角以溫柔的動作或台詞詮釋戀愛戲碼的表演）的演出，溫柔細膩，卻又契合無間的性事，於亞久里而言更加合拍。

記憶一直縈繞不去，或許是因為有種不知是執著或依戀的情愫久久伴隨著吉岡那段回憶。

況且，有件事她連電視男都沒說，吉岡是公司小開（雖然只是中小企業公司）這點還是令她頗為關心。據說公司員工有兩百人左右，她曾坐吉岡的車子經過位於東淀川區的工廠門前，當時吉岡指著長長的圍牆說：

「這裡是我家開的。」

亞久里聽了不免有種種盤算。她自然也會衡量得失，其中或多或少也有不單純的算計，因此或許是那種功利心遭到了報應。亞久里暗想，其實也不能全怪吉岡一人。

不過話說回來，接到久違的電話，聽到他說「真開心，謝啦」，與昔日的「我其實很苦啊」重疊，亞久里忍不住抱著善意自言自語：「他就是那種人。」

吉岡說那種話時肯定是真心這麼覺得——不過，事到如今他到底還想對自己說什麼？

接電話時，昔日回憶重現眼前，這一時衝動好像給他太高的分數了。

實際看到的吉岡太蒼老，眼鏡讓他像個老頭子，頓時令亞久里的心都涼了。

吉岡定定看著亞久里泡茶，搖頭大嘆：

「不過，你還真是一點也沒變，又年輕又漂亮。」

「誰說的。女人一旦忙於工作也是會人老珠黃。」

亞久里化了淡妝。她不捨得把時間浪費在燙髮，只是每月剪一次頭髮，不過她的頭髮服順平直，很有光澤，服貼地垂落肩上。拂開頭髮的亞久里察覺吉岡的注視，卻刻意不看他。

看到吉岡時，亞久里不再認為他只是懷念舊情特地上門敘舊了。然而，她也猜不出他的來意。

「真不敢相信已經過了六、七年……」

吉岡還在喟嘆。然後從外套口袋掏出香菸。
亞久里看了不禁有點發愁。
（這人該不會打算賴著不走吧？）
今天之內如果不寫出幾場戲就會來不及。
吉岡的手指像種田的人一樣粗大，指甲粗糙不平。年輕時的吉岡，一方面也是因為有點胖，手背像女人一樣肉嘟嘟軟綿綿且膚色白皙，手指連一點傷疤或龜裂都沒有。
他的手心很熱，以前總是用雙手包著亞久里的手說：
「哇，好冷的小手，據說女人手冷的話心就熱，搞不好是真的。」
那種軟綿綿的口吻在亞久里聽來格外性感。
吉岡做愛時對亞久里的臉色很敏感，殷勤、細心，而且溫柔。大阪人對於柔軟且高度黏稠的事物，習慣稱之「軟綿綿」，吉岡是個無論個性或語氣或做愛時都軟綿綿的男人。
但現在的吉岡，已經沒有軟綿綿的風情。之前剛見面時，亞久里之所以覺得他已失去溫文儒雅的風采、變得判若兩人，就是因為這個緣故。

「雖然別人一直叫我戒菸，但我就是戒不掉……也逼我戒酒，但沒有酒太寂寞了。」

「誰逼你戒掉？」

「醫生。我的肝出了毛病。」

出毛病，這也是大阪人的說法，意思是故障了，或者受傷了，然而對於如今生活一半已轉移至東京的亞久里而言，她只覺得似乎很久沒聽過大阪腔了。

「《老媽淡然處之》很紅喔。內容很有趣。」

「謝謝你的誇獎。不過那是因為演員演得好。」

「不，那當然是劇木的功勞，雖然我這種外行人不太懂。不過最近，不是突然掀起一股爭相吹捧你的風潮嗎？果然有才華。」

「只是運氣好。」

「你從以前就開始寫了？我完全不知道，在電視上看到你的名字時，我還以為是同名同姓的另一個人。結果兩、三年前在週刊看到照片，我這才大吃一驚。」

「……」

「不過，多多少少也覺得『的確有理』……因為你以前就聰明。信也寫得好。」

「我給你寫過信？」

嘴上這麼說，但亞久里其實記得。

「可不是寫過嗎？但分手時你叫我還給你，所以不全都還給你了？那些信到哪去了？你真是無情。」

「不知道。肯定早就扔了吧。」

這是假話。亞久里雖已多年未取出翻閱，但一直收在儲藏室裡的紙箱中。自己的信和吉岡寫得比較好的信都另行留下了。

「沒想到你會變得這麼有名。真是了不得的才華啊，想到你賺了這麼多錢，只能說是老天爺賞飯吃啊。」

吉岡作勢要喝亞久里泡的茶，但或許是太燙，只見他又放下茶杯。

窗外就是公寓走廊，因此小孩的腳步聲與說話聲紛亂接近，隨即逐漸遠去。

吉岡壓低嗓門：

「有誰在嗎？就你一個人住在這裡？」

「對呀。」

「還是單身？」

「對。」

吉岡眼鏡後方的雙眼不安地游移。

「真的單身？」

「我全心都撲在工作上了……呵呵。」

亞久里之所以笑，是因為想起與一樓的管理員大嬸那番對話。吉岡說好要在兩點來訪，因此亞久里事先出去買花。她不想用好酒好菜款待吉岡，所以打算好歹放點鮮花，帶他到裡面的起居室坐坐。

起居室一角有面山的陽台，亞久里在那裡放了心愛的家具。蓬鬆柔軟的白色地毯，貓爪貴妃椅（椅面是天藍色綢緞），墨綠色縞瑪瑙桌子等等。桌上有白色咖啡杯，貴妃椅上胡亂放著深藍色絲質家居服。

另一邊是工作場所，散亂堆積著稿子及成堆劇本簡直無處落腳，但只要拉上拉門，便可把那些藏起來。

亞久里太懷念電話中聽到的吉岡聲音，所以本來打算帶他去起居室敍舊。與工作有關的男男女女，她不會帶進起居室。

亞久里也因此去買了花，可是一回到公寓，卻發現管理員大嬸正在等她。

「有個可疑男人來找高尾小姐喔。好像是比約定時間提早抵達，由於你不在家，所以他問我能否讓他進屋去等你。」

「後來那個人到哪去了？」

「我說這年頭已經沒人會把備用鑰匙放在管理室了，所以不能替他開門，回絕了他。」

「那他走了？」

「沒有，他說那麼他先在附近轉一圈再過來，就走掉了，但他問了很多關於你的奇怪問題喔，什麼有沒有老公啦，是不是獨居啦，有沒有小孩啦，目前還是姓高尾嗎之類的——我愈想愈不對勁，怕他該不會是闖空門的，所以一律都推說不知道、不清楚。」

亞久里立刻猜到是吉岡。因為吉岡只要有事想打聽，從來不顧對方的感受，總是天真無邪、少根筋地不管三七二十一非要打破砂鍋問到底。

亞久里忽然想法變了，失去邀請吉岡到起居室的興奮。

事到如今才想起與吉岡已有七年未見，說不定他已經變成一個捉摸不透的男人。

她忽然覺得：

（根本犯不著那麼鄭重其事。）

於是只把百合與康乃馨插在殺風景的會客室，和起居室區隔的那扇門事先就關上了。

吉岡光是向管理員人嬸打聽似乎還不甘心，見面後又問了亞久里好幾次。

「你真的單身？」

「有了工作，就沒有多餘的時間心力陪男人了。」

聽到亞久里這麼說，吉岡似乎這才相信。

「說的也是……這兩、三年，經常看到你的名字。最近你還開始寫小說了是吧？雖然我沒看過——不過你到底是因為什麼開始寫作？真是一把好手欸。」

真是一把好手。會這樣說正是吉岡可愛之處。這種情況的「手」，指的是技術。

亞久里從高中就憧憬寫作。就讀的短大等於新娘學校，直到工作後她才開始去編劇班上課。也報名了漫才腳本班，得到授課的漫才腳本老師青睞。

「你寫的台詞很有趣，不妨也學著寫寫看連續劇？」

老師如是說。

亞久里不知怎地直覺特別敏銳。與其說她有才華更像是一種直覺，不過這或許也要歸因於她的成長環境。家人的個性都很強，關係不好，父母整天針鋒相對。亞久里在不是生氣就是吵架的大人中間被搓揉著長大，因此培養出小動物的平衡感，習慣測量對方與自己的距離，或許因此孕育出寫作的欲望。與吉岡的分手也成了促使她下定決心的契機。

高空走鋼索般的幸運一再降臨，亞久里寫的劇本開始賺錢了。其中，有一個系列特別受到好評，接著，便有出版社主動洽詢，問她是否有意願寫成小說，她隨心所欲地一寫之下，居然同樣出乎意料地大受歡迎。於是她終於可以把以前覺得不適合拍成電視劇、只能冷藏起來的題材寫成散文與小說。

人們說她是厚積薄發漸趨成熟，但她自己不這麼認為。她私下認為自己只不過是直覺特別靈敏罷了。她想趁著直覺還靈敏時學點真功夫。

亞久里從來不敢掉以輕心。她知道一旦欠缺緊張感頓時便足以致命。這是個要命的行業。

她覺得自己就像赤手空拳踩在高空鋼索上。

但這樣的內幕，不必告訴吉岡。

「我只是運氣好。就這麼簡單。」

「不見得吧。」

「我這兒的電話，你是聽誰說的？」

「我打電話去報社問的。」

「噢……」

「不過，能住這麼大的公寓真是發了。你還有另外一間房子嗎？」

「怎麼說？」

「沒有啦，因為我看週刊刊登了一張你在看得見山的漂亮房間裡喝咖啡的照片──我心想，你的生活可真優雅。」

「那是在這間公寓後面的房間拍的──談不上什麼優雅……」

的確有絲質睡袍和貓爪貴妃椅和雪白咖啡杯，和女孩子愛看的時尚雜誌照片一模一樣，美美地擺在那裡，但亞久里沒時間坐下來穿著睡袍悠然享受。她只能用眼睛欣賞一下，就像看雜誌上的照片一樣。

她日夜坐在工作室的桌前寫作，累了就一頭栽倒在一旁從不收拾的地鋪。也經常連衣服都沒換就這麼睡著，因此不分冬夏，工作服都是料子較厚的棉布連身裙。三餐就在公寓一樓的小餐館記帳。亞久里已經連為此憾恨的時間都沒有了。

有時電視週刊或婦女雜誌會來拍攝亞久里在公寓悠閒享受生活的照片，唯有那種時刻，她才會在貓爪貴妃椅上穿著長裙喝咖啡給人看。

也難怪看到的人以為她過著非常優雅的生活。

亞久里身邊沒有男人可以讓她吐這些苦水。偶爾見面的男演員，也不可能談這麼私密的事情。昔日的情人電視男，正因為是知道業界內幕的同行，只會嚴厲地警告她：

「絕對不准說喔。有這麼多工作可接你就該感恩了。你到底知不知道別人有多麼嫉妒你？」

「——這個世界上，年輕又有才華的人源源不斷出現……也有時勢變遷，時代潮流等等因素左右……不見得寫出好作品就一定會被接受。況且時間有限，我到現在都不覺得自己已成為專業編劇。每次寫作前，總有強烈的恐懼，雙手不自覺發冷，很擔心『雖然接下了工作但我寫得出來嗎？製作人和導演會滿意嗎？』這些問題……」

亞久里明明不打算說，卻還是忍不住脫口而出。吉岡身上似乎有某種東西促使她開口。

「我想也是，我就知道。你現在手也好冷，真可憐。」

讓吉岡這麼一說，頓覺暖洋洋。

「沒有人可以給你慰藉嗎……跟我一樣。」

「吉岡先生，你太太呢？」

「離婚了，有一個女兒，偶爾我會去看她。是很可愛的孩子喔。你能不能關說一下給她在電視廣告安插個角色？那樣的話，我就可以隨時在電視上看到女兒了。」

吉岡神色恍惚地說。

「她將來應該會變成大美人喔，現在才四歲……而且她講話也特別可愛。她說，『把拔，不管在哪你都要健康喔，不要忘記我，要保重喔』……」

吉岡用肥大粗糙的手指拭去淚水。

亞久里看了呆若木雞。

（不行，不行……）

明知如此，還是曾被奪去芳心。

（原來如此，吉岡的眼淚，已成了習慣啊……這個人，一旦哭了，就會養成習慣老是哭。）

心中雖這麼想，但亞久里也不禁落淚。

「或許你已經聽說，」吉岡重新戴好眼鏡，「我老爸的工廠被我搞垮了。後來，我也試著找過各種門路，全都不成功。我是個窩囊廢。」

「……」

「漸漸地，我愈是掙扎，情況就愈糟……房子也賣了，老婆也帶著女兒走了。我現在在朋友的公司幫忙，一點一滴慢慢來……我想將來有一天或許能東山再起，把女兒接回來。」

「你現在住在哪？」

「尼崎——」

「工作還順利嗎？」

說到這裡，亞久里的聲音變小了。

吉岡如此垂頭喪氣不顧顏面地對她落淚哭訴，令她不知如何是好。她寧可吉岡是那種天真無邪炫耀妻子「是個美人喔」的男人。明明可恨得讓人想殺了他，卻又教人有點好氣又好笑，對他那種少根筋又天真的氣質，讓她忍不住這麼想——

（真拿他沒辦法。）

這樣的男人，她寧可他厚顏無恥油腔滑調。

「當然，我的確失敗得很慘，石油危機後一直無法振作起來……其實我也竭盡全力，試過各種方法……」

「男人的工作也很辛苦。」

亞久里衷心這麼想。

「你也吃了不少苦吧，吉岡先生。很不好受吧。」

無論是男是女，要活下去都不是容易的事。

「沒法子，只能走一步算一步，就算拚命努力有時就是不盡人意……」

「謝謝。肯這樣安慰我的，只有你。不，只有我女兒和你。——但我就不相信我會這樣窩囊一輩子。」

吉岡十指交握，凝視地板的某一點陷入沉思。

亞久里把冷掉的茶水倒掉，重新泡熱茶。為了方便討論工作時不用起身離席，那些東西就放在伸手可及之處，但即便泡了芳香的綠茶，吉岡還在沉思。

亞久里思忖，自己當年如果與吉岡結婚了，不知會變成怎樣。會拚命支持吉岡設法脫離困境嗎？把全部人生賭在那上面，或許會比現在虛無縹緲的成功更充實？

這麼一想，她覺得好像不是被吉岡拋棄，而是自己拋棄了吉岡。素來仰賴動物直覺的亞久里，或許就像老鼠逃離沉船，早早便已放棄吉岡。

她開始同情吉岡了。說不定，吉岡今天是想向她借錢。

亞久里預感自己無法抵抗傷感。伴隨靜靜的絕望，她暗想，若是為了看到吉岡歡喜的神情，就算荷包稍微出血也是沒法子的事。

——這時，吉岡抬起頭，像走投無路似地說：

「亞久里小姐……」

亞久里彷彿要鼓勵他儘管開口沒關係似地頻頻點頭。

對於整天忙於工作如走高空鋼索的女人而言，金錢非常重要，但亞久里對錢並不執著。她不得不認為自己更喜歡殉身於「真拿這人沒辦法」的無奈心情。

「什麼事？」

為了讓吉岡有勇氣開口，亞久里發出迄今最溫柔（她自認是）的聲音。

「破產這種事，真的很慘。每天都有債主上門，大吼大叫……嘗過那種痛苦後，一般的事情都能忍受了。」

亞久里見話題走向奇怪的發展，錯愕地保持沉默。

吉岡變得滔滔不絕。

「我家的工廠破產是被人陷害的。這是有點罕見的例子。」

「……」

「甚至可以說是有計畫的詐欺——我覺得這種例子很少見，能不能拍成電視劇？」

「電視劇？」

亞久里看著吉岡，張口結舌。

「欸，你能不能跟電視公司說，把我的故事拍成連續劇？我把資料和文件都準備齊全了，不信可以給你看。」

「……」

「再不然你教我怎麼寫，我自己寫也行——不過，專業的事情還是該交給專家，你這傢伙來寫想必更有震撼力。」

吉岡笑了，又露出像猴子一樣的額頭皺紋。他一下子喊亞久里「欸」一下子喊「你這傢伙」，似乎是無意識之舉。

亞久里不知該如何回答，情急之下想到的是，這該不會是對別人害他破產（依照吉岡的說法是有計畫的詐欺，他是被陷害的）的復仇，企圖把破產拍成電視劇來訴求輿論同情吧？

「你想用破產連續劇訴說什麼？」

「也沒有啦，怎樣都行，我只是想，如果這個破產的故事告訴電視公司，應該可以拿到一點原案費，或者原作費吧？」

吉岡似乎真的如此深信。

「要不然，你買下這個故事也行。」

「這個嘛，我不寫商戰連續劇。」

亞久里的語調轉為讓人覺得聽來冷漠也是莫可奈何的公事公辦。吉岡還在喋喋不休。

「或者，你認識的其他編劇呢？會不會有人買這個題材？」

「很難說……我可以幫你問問看。」

「原作費的金額應該不少吧？你順便也幫我問問看電影公司好不？」

亞久里已經完全對吉岡失去興趣。眼前這個男人，雖說是多年前的往事，實在無法相信曾經相愛過。

不過，內心深處也因為吉岡而感到苦澀的痛楚，那令她不知該如何是好。她寧可吉岡事業順利成功，天真無邪少根筋厚臉皮地傷害自己。看到這樣的吉岡非她所願。

亞久里感到口渴，想喝茶，但茶太燙了喝不了。心煩地拿著茶杯左也不是右也不是，喉嚨的乾渴令她煩躁不已。

隱約早已明白

這一個月以來，梢很混亂。

該做何種表情才好？

該看哪兒才是？

該如何安身？

只覺兩眼空洞，心裡七上八下不停翻攪。但那並不是因為憎惡而翻攪。不是憎惡這麼單純的情緒，而是充斥更多各式各樣的要素。梢覺得自己的五臟六腑積滿各種毒素，被酒精燈加熱後，正在咕嚕咕嚕地沸騰。

不過，她並未形諸於色。

必須保持正常。梢已經忘了正常的表情是什麼樣子了。

（對了，墨鏡，戴上墨鏡吧。這樣在注視對方臉孔時，對方就無法看清自己的雙眼了。沒錯，就戴著墨鏡看對方！）

梢如是想。

梢用雙手比出眼鏡框，遮在眼前，臉孔左搖右晃，像要和鄰居打招呼，咧嘴露出牙齒。

梢保持那個姿勢，湊近桌上的手鏡，定睛凝視自己的臉。單獨待在自己的房間時，梢會做各種小動作。這是從小養成的習慣，如今都二十八歲了依然改不掉。她會自言自語，模仿口技，或是偷偷罵某人：

「你有病啊！」

有時做出無意義的動作，像要劃破空氣般揮下手刀，喊出「殺——！」這種擬聲詞。

看起來簡直像要砍人。

但只要那樣做，心情就會變得豁然開朗。這個習慣全家無人知曉。

看書看得泫然欲泣時——

（現在是以什麼表情在哭？）

她會在好奇心驅使下湊近鏡子窺看。

或者定睛注視湧現的淚水。漸漸脫離小說的情節，只顧著哀憐淚光盈盈的自己，於是愈發悲從中來。

用卡式音響聽錄音帶時，也會不由自主潸然落淚。梢倚靠書櫃屈起雙膝，一邊拭淚。

（我這樣看起來美嗎？會不會顯得肚子很大？）

然後低頭看肚子，邊哭邊縮小腹，一手掐起肚子上的肉肉。

（要是沒有這坨該多好……）

她就是會這麼想的女人。所以中學時的舉動到了二十八歲的現在依然在做。

獨處時雖然會做很多小動作，在全家人（不過，父親三年前過世了，所以只有母親與妹妹，一家就三個女人）和世人面前就裝得若無其事。她努力讓自己看起來像這個年紀應有的世故女人。而且她總覺得，這樣應該可以在社會上混得很好。

沒想到一個月前，妹妹阿碧在用餐時，突然宣布：

「我要結婚了，姊姊。」

說得誇張點，這簡直震撼了梢的人生。

碧現年二十六，是大阪某百貨公司高級女裝設計師。曾經自述抱負：

我不結婚，將來要自己開店，總有一天我會擁有「高級訂製服（Haute Couture）碧」這樣的名店。

這點和梢不同。梢念的是不好不壞的短大，畢業後找不到工作，於是透過父親熟人的介紹成為鋼筆批發商的事務員。甚至算不上粉領族。那是一間家族經營的小店，氣氛很好，就是薪資極為低廉。也有年輕男員工，但白天大家都去百貨公司跑業務了，店內往往只有她和老邁的會計課長以及算是大掌櫃的男人在。即便是那樣的店，她也待了七、八年。而梢雖朦朧想著「將來還是要結婚」，但隨著年紀漸長，連她都自認已經了解自己的個性：

（就是一個老小孩。）

她徒有結婚的念頭，卻從無實際行動，父母想必也都惦記著她的婚事，但父親過世後，母親也開始外出打工，不知不覺歲月便這麼匆匆流逝。即便如此，梢還是模糊想著：

（遲早肯定會結婚。）

母親並未特別嚴格教養她，但「結婚」這件事被視為人生大事之一，所以她覺得是理所當然，只不過目前尚未經歷罷了。梢的人生，一切感覺上都要等「結婚」才拆封，所以她作夢也沒想到會在這家小公司一待就待了七、八年。

但梢還是對自己如此長期單身沒什麼感覺。

迄今她仍覺得自己才剛踏出校門兩、三年。不過，店內的年輕男員工不斷替換新血，她感到那些男孩子好像一年比一年更年輕。還有流行的電影與音樂也是，她感覺是不久前才流行的，可那些男孩卻說：

「太落伍了。那已是四、五年前的流行了。」

聽到他們這麼說時，梢不免會想……

（嗯——我也上了年紀嗎？）

梢嚴肅地陷入沉思。

（二十八歲啊……）

但梢即便想嚴肅，好像還是有哪裡的繩子鬆脫，彷彿要把氣球沉入水裡的時候，心輕飄飄的，又浮了起來。

她的興趣就是瀏覽時尚雜誌的「婚紗特輯」之類：

「這種領口綴荷葉邊的我喜歡，至於袖子最好是這樣。」

她會獨自這樣夢想。整天待在那種只看到老頭子的地方上班，根本沒機會邂逅年輕男孩，該怎麼辦，這樣不行啊——她暗想，但那也只停留在空想，勤勉的她到了早晨，還是會抱著「這是無法逃避的宿命」的心態乖乖去上班。公司位於大阪南區的心齋橋，光是周遭環境繁華熱鬧就讓梢暗喜。如此這般，她看到不錯的男人便自動萌生結婚的幻想，當下浮想聯翩，可她偏又壓根沒想到要去和那些男人說說話。

親戚或是世代交替，或是關係疏遠，即便家中養了兩個老小姐也無人干涉，更不會有人主動上門來撮合親事。

母親現在似乎也無暇考慮梢的婚事。父親的退休金在家中改建時就已用掉一半。

「將來，如果把二樓出租，再加上老人年金，就我一個人生活的話應該勉強可以糊口。」

母親首先考慮的似乎是她自己老後的安養問題。在母親的想法中，似乎認定屆時梢和碧都已出嫁了，堅信「遲早會變成那樣」。

這種樂觀的天性，或許該說梢果然像母親。

也許是因為精神年齡幼稚，梢看起來遠比實際年齡小，唯獨這點算是長處，但可能也因此欠缺女人的性感風情，始終沒有男人追求。

渾圓的額頭，豐腴的臉頰，白淨的膚色。鼻子和嘴都很小，眼角下垂的瞇瞇眼。脖子雖也白淨卻很粗，手背到現在還有小酒窩。全身上下都肉嘟嘟，只有會計老先生總是讚嘆「美人呀，你是美人呀」，但梢認為老先生肯定是認為她和大阿福娃娃長得一模一樣。不過看習慣之後，倒也沒有不順眼的地方。肌膚細膩水嫩也是她自豪之處，頗為得意，硬要挑剔的話，就是希望眼睛再大一點，若是雙眼皮就好了，於是她攬鏡自照，努力擠出雙眼皮。雖然心裡想著如果去整容立刻就能變成雙眼皮，可惜缺乏實行的決斷力。

沒有勇氣與決斷力，倒也不覺懊悔，只是暗自夢想：

（不過，如果手術順利成功，一定會變得更美……）

自己也覺得「成天做白日夢可不行」，但整容就跟結婚一樣，在夢想中模模糊糊褪去。

即便如此，想獻身給某人、想過著愛情生活的念頭倒是一年比一年強烈。早知如此，或許該像碧一樣，索性打從一開始就下定決心「我絕對不結婚，我要專心事業」，但梢沒有特別喜歡的事物也沒有奮鬥目標，腦子裡只有「想結婚」這個念頭，所以莫可奈何。

至於碧，高中畢業後就去念洋裁職校，後來又去東京進修。兩年後歸來時已出落得時髦美麗。碧隨即進入大阪百貨公司的高級訂製服專櫃，更是磨練出好手藝。她公然宣言終身不嫁，因此梢一直這麼深信不疑，沒想到青天霹靂，碧竟然推翻向來的信條要結婚了。

母親去洗澡了不在場。

「你跟媽說過了？」

「嗯。媽說，這樣也好。」

碧有著一身緊繃的微黑肌膚，由於工作的關係特別注重身材，因此渾身上下毫無贅肉。滑順服貼的頭髮剪成鮑伯頭，雙眼炯炯有神。

「如果姊妹倆都當老小姐畢竟不好看，這時候，如果其中一人嫁了應該比較交代得過去吧？」

「也對，對方是什麼樣的人？」

「就是普通上班族。是朋友的朋友，登山夥伴。」

這才想到，碧的興趣就是登山，每逢休假經常外出，但梢討厭走路，總是感嘆：「阿碧可真會走……」自己壓根沒想過要做同樣的事。

梢喜歡烹飪，有時會替碧做便當。如果碧說「早上要搭第一班電車出門」，梢就會摩拳擦掌，四點便起床興沖沖地替妹妹做便當。梢對這種事絲毫不以為苦，畢竟她的興趣堪稱就是「奉獻」，所以她喜歡替別人做些什麼。母親開始工作後，梢經常包辦家事。有時也會嘗試各種料理，抱著將來當嫁妝的打算，向郵購公司每月分期付款收集各式小盤小碗，拿出來使用。

（將來有一天，可以在新家用這些。）

抱著這樣的想法，她就當作是預演似地下廚、盛盤。

或許就是因為養成這種遨遊夢想的習慣，梢才沒有實質上地被無論如何都要結婚、不結婚毋寧死的迫切感苦苦煎熬。

那次也是，晚歸的碧，據說在外小酌了幾杯，於是梢打算替她弄碗茶泡飯，但梢忽然靈機一動，用微波爐加熱白飯，蓬鬆地淺淺裝在碗中，撒點鹽巴，再撒上一杓碾茶（註：將春茶用天然的石磨碾成微粉狀，若再細磨便成爲抹茶），替碧做了碾茶飯。再配上少許新漬的小黃瓜。

撒上新茶上市時節的宇治上等碾茶拌飯吃，和紫蘇拌飯或海帶芽拌飯別有不同滋味，很好吃。替碧泡上一杯芳香的綠茶後，碧開心地說：

「真的好好吃，雖然平時也是吃姊姊做的飯菜。哎，這絕對不是拍馬屁喔。」

光是聽到這番話梢就滿足了。

上妝時粉底服貼，晴朗的日子穿上新鞋，或是碾茶拌飯獲得讚美，只要有這些，梢覺得自己的人生就已足夠充實。

「我不像姊姊這麼會做菜，真有點擔心。」

「你要上班嘛，這有什麼關係，家事交給我就行了。」

因為梢這麼說，碧才會說出「我要結婚了，姊姊」。

「噢？不過話說回來，我居然毫不知情。」

明明事不關己，但聽到結婚二字，頓時心跳劇烈。她沒想到現實生活中居然就在身邊發生這種事。

「嗯。我本來也很猶豫，而且也覺得比姊姊先嫁人有點不好意思。不過他說就算結了婚我也可以繼續工作。」

「誰？」

「就是那小子。」

「那小子」，似乎就是碧打算結婚的對象。她沒有對結婚對象使用敬語。「那小子」這種稱呼聽起來非常大而化之且隨便，卻也帶有強烈的親密感。梢感到自己完全被那句「那小子」刺上致命一擊，就此啞口無言。

並不是羨慕或嫉妒、鬧彆扭。一直當成夢想的結婚，就像打雷似地突然落到身旁，而且當事人居然是自己的親妹妹，因此梢很震驚。

「姊你生氣了？」

碧抱著套上棉質長褲的膝蓋問。

梢說：

「怎麼會？這是喜事。」

「我會帶那小子回來給你看。是個善良的好傢伙喔。」

那麼善良的好傢伙你是怎麼找到的？梢很想針對這點詳細打聽。

梢與碧的感情算是很好，但碧從東京回老家後，彼此就不再有昔日那種親密，碧變得更幹練，反而像大姊姊。一如梢掩飾自己夢想結婚的本心，碧也不再吐露私生活的瑣事。或許就是因為雙方拉開了距離，一把年紀的姊妹倆才能夠從不惡言相向地和平共處。況且另一方面，碧隱約也在心中對「成天做白日夢」的姊姊報以苦笑。就連梢自己也清楚這點。

梢不知不覺依賴妹妹。

二十六歲的碧，遠比梢更世故老練。

梢唯一頑強堅持的，只有喜好的問題。她喜歡綴滿荷葉邊帶有蓬蓬裙的洋裝，碧基於職業品味很想大肆批判，然而唯獨這點，梢對專家的意見充耳不聞。

「不要，我就喜歡這樣子。」

梢如此堅稱，穿著輕飄飄的荷葉襯衫和百褶裙就出門。碧主張衣服重質不重量，應該擁有幾件料子好、做工好的衣服，梢卻反其道而行，只想擁有許多儘管廉價卻很浪漫漂亮的可愛衣服。只要一眼看中意了就會立刻買下，哪怕是穿起來有點緊也要硬塞進去。碰上身體欠佳經常咳嗽時，還得把衣服拆了重新修改，但梢從來不與碧商量。

碧工作經手的都是一件五、六十萬，最便宜也要三十萬圓左右的衣服，有一次碧忍不住嘲笑梢的洋裝：

「還真是輕飄飄的布料啊。」

那不是出於惡意，似乎只是因為太浪漫夢幻的設計令碧反胃，而且在這世上居然有人買那種衣服，令碧感到輕微的震驚，純粹出於這種好奇罷了，但梢還是感到很受傷。

「沒事沒事，這樣就很好。」

梢賭氣說，從此下定決心，再也不和旁人談自己的喜好。梢覺得被恥笑，但那或許是因為她對擁有明確的工作目標，踏實朝目標努力的妹妹，多少還是抱有一點自卑感吧。

（在專家看來，或許有點怪，但我就喜歡這樣。）

梢堅定地這麼想：

（就算是親姊妹，也沒必要事事都一樣。）

之所以如此充滿戒心，或許是下意識想要防衛自己容易受傷的自尊。碧的伶俐之處，就是馬上改口認同：

「是啊，姊姊很適合穿這樣，像個賣萌裝可愛的女孩子反而更襯你的氣質。每個人本就不一樣嘛。」

碧並不會事事都執著於自己的信條。梢雖覺得妹妹是在哄她，還是心情好轉。廚藝被誇獎，衣服被讚美，一屋子全是女人的輕鬆自在令她精神飽滿，也就這麼日復一日過下去了。

現在住的房子，是戰後市政府蓋的公營住宅，看似臨時組合屋。父母結婚定居時，市政府廉價出清，因此住在這一帶公營住宅的人，很僥倖的，得以擁有房屋土地。地點就在大阪近郊因此也很方便，雖然狹小，但家家戶戶都在昭和三十年代重建，或者改建成雙層樓房。梢的家也經過三次改建，才剛改成雙層樓房，父親就死了。

二樓有兩間二坪多的房間，姊妹倆各住一間。

正因為一直想著將來「結婚」就會搬出去，梢才能安於蝸居在那二坪多的房間。光靠夢想果腹便饜足的狀態已持續了好幾年。

碧與梢的房間之間有扇拉門，夏天很熱，有時把拉門敞開，姊妹倆就像是頭碰頭一起睡。梢很喜歡這種平安、溫馨的生活，至於碧是怎麼想就不得而知了。

「姊姊，你不要擅自打開好嗎！」

碧曾經這樣笑著軟中帶硬地表示。梢和母親共用樓下那個母親的鏡台，碧把她在東京使用的梳妝台帶回來後，放在窗邊。梢就是開了那個梳妝台的抽屜才引來碧這番話。

「抱歉，我只是想借一下衛生棉。」

梢曾經看碧放進那個抽屜，所以才會隨手打開，但碧不客氣地搭話：

「要拿衛生棉的話樓下洗手台不是多得很！」

梢被碧不快地數落，立刻退縮。她說不出「你凶什麼！」這種話。她只會一直耿耿於懷，覺得自己「搞砸了！」。梢很清楚碧比自己能幹，現在碧既然那麼生氣，肯定是自己做了很不應該的事吧，她不禁如此自責。

可是，另一方面，梢也覺得——

（只不過開一下抽屜，犯不著那樣興師問罪吧？）

梢不寫日記，但碧的日記或許放在抽屜裡，但就算放在裡面自己又不打算偷看——梢想了又想，終於趁著碧不在的某天，又偷偷拉開抽屜。裡面放著摺疊好的手帕與絲巾，最深處有衛生棉的盒子，底下是從未見過的扁盒。梢仔細打量，拈出裡面的東西一看，是薄薄的橡膠製品。

聽倒是聽過，原來這就是那個啊，與生俱來的好奇心促使她定睛檢視。

原來比想像中更小更輕薄耶，她不勝感嘆。

這年頭的小孩，即便是女孩子，上了中學之後或許也拿過或見過，但梢總覺得「看到不得了的東西」，慌忙又放回去藏好。即便在週刊雜誌看過，這還是頭一次看到實物，身邊就有人擁有那個也是頭一遭。梢很亢奮，跑回自己的房間，朝空中揮下手刀。

「殺！」

她喊道。

（啊，嚇一跤……）

說著，她有點好奇自己驚嚇時的表情是怎樣，抓起手鏡，目不轉睛地看著自己的臉。梢小時候口齒不清還不太會講話時，講不出「嚇我一跳」，據說總是講成「嚇一跤」。父親疼愛梢，經常模仿她，結果全家人只要心情好時，總有人習慣說句「嚇一跤」。

現在那個久違的口頭禪，又從梢的嘴巴冒出。

碧有機會使用那種東西嗎？如此說來她遠遠比梢成熟太多了。即便在理論方面裝了一腦袋知識，可梢缺乏相應的實際戰績，因此想到一半就雲遮霧罩一腦袋漿糊。不過，倒也不是無法想像秘密情事的火熱，只是拘泥於形式上，怎樣都不好意思掛在嘴上。

對梢而言，周遭彷彿大霧瀰漫，自己就在其中醉生夢死。她之所以不時比出手刀的動作，在嘴裡喃喃喊「殺！」，或許就是為了拂去濃霧才下意識做出的動作。

聽到碧宣布「即將結婚」，抽屜裡的東西頓時浮現腦海，梢事不關己般暗忖……

（果然說要結婚的女孩子就是不一樣。）

梢或許有點反應遲鈍。

碧要結婚的這件事，不，包括結婚這件事本身，原本就是不到現實關頭無法理解。

碧已經帶著那個青年去母親工作的地方先給母親看過了。這點也頗有碧素來俐落的風範。青年比碧小一歲。

「塊頭很大，看起來挺健康的。是個好人喔。雖然看起來像彪形大漢，卻很溫柔。」

母親說。看來母親很中意。

「嗯——這樣啊。彪形大漢啊。」

梢說，彷彿那個青年是別人要介紹給自己的相親對象似地想入非非。即便在公司工作，也好像飄飄忽忽定不下心，都是因為那個。

不過，那人當然不是要介紹給梢的對象，所以飄忽的臉紅心跳，在各種機會都被潑了一盆冷水。住在京都的姑姑，包了一個紅包送來。

「哪，阿梢，你很羨慕吧？不過這都是緣分，將來你肯定也會遇上好緣分，所以你別嫉妒，要歡歡喜喜送阿碧出嫁才好。」

姑姑這麼安慰梢，即便是老好人的梢也忍不住氣惱。

「我幹嘛非得嫉妒她不可？姑姑真討厭。」

之所以感到一肚子火氣翻攪，就是這個緣故。那絕非憎惡或嫉妒。當然，其中也摻雜了彆扭和嫉妒、羨慕、單方面的恨意、失意、鬱悶、被遺棄的落寞等等，但是除此之外，還有隱隱約約的期待、好奇、臉紅心跳、嘖嘖稱奇、亢奮……絕非只有負面情緒而已。就像成堆的暗色玻璃珠也夾雜不少五彩繽紛的漂亮玻璃珠，看起來如同美麗的毒素，如今正在燒杯中咕嚕咕嚕地激烈翻滾。對於這樣的狀態，梢在提心吊膽的同時也覺得好玩。可是被姑姑莫名其妙地同情後，酒精燈的溫度益發升溫，裡面的毒素沸騰，幾乎隨時會「砰」一聲爆炸。

梢走上二樓。

「腦子有病啊！」

她獨自念叨，揮舞手刀，對空喊出：

「殺！」

後來，她也被附近鄰居這麼安慰。這一帶有很多住了幾十年的老住戶。

「留下姊姊在家啊？妹妹出嫁了一定很寂寞吧。」

人們對她說。

即便在家中，婚事也談到具體化的地步了。媒人該請誰，禮服不想用租的，碧的手藝好所以要親手縫製禮服，婚後要住在南大阪的公寓，什麼時候要下聘……碧似乎迅速又俐落地忙著一一安排。母親缺乏決斷力（這點也跟梢一樣），所以對於碧的安排，只會說「嗯，好啊」。

「公寓的押金，用我們雙方的存款支付，所以付了那個就沒剩什麼錢了。家裡的舊盤子和湯匙之類的我帶走，就算數目不齊全也無所謂，花色和形狀參差不齊也沒關係，反正我也不會做那麼精緻的料理。那小子的廚藝還比我高明咧，登山的時候都是他掌廚。」

碧說。

「是喔。他還會煮菜啊。」

這麼一說，梢的腦中也開始浮現一大堆亂七八糟的想像，彷彿可以看見一個彪形大漢站在廚房做菜。梢忍不住想像那人煮的飯菜是要給自己吃，不禁心如小鹿亂撞。

去上班時，她攔下每個人，就像自己立下大功似地得意洋洋：

「我妹要結婚囉。」

有人揶揄：

「那你也不能落後，趕緊把自己嫁出去吧。」

這種話題明明是自己先開的頭，她卻對那人很生氣。

如此這般，梢半是氣憤半是興奮，彷佛要結婚的是自己一樣鎮日飄飄然。

會生氣，一方面固然是因為鄰居和公司同事還有姑姑的反應，但母親忍俊不禁說的那句「對了，這讓我想起那位川越先生經常寄信來呢」也不無影響。

「寄信來？給阿碧？」

「嗯。有時候一星期就寄來三次。」

「我怎麼都不知道？這樣啊——」

在家中，母親是最早回來的，所以白天送來的郵件通常都是母親第一個拿到。母親會把郵件分別送到兩個女兒位於二樓的房間，在梢不知情的情況下，母親不知已這樣送了多少封寄給碧的信。

梢聽了之後，頭一次感到具體的嫉妒。她暗想，「到底寫些什麼啊？居然一個星期寄來三封。」想到這裡，如此頻繁收到男人寫來的情書卻在自己面前完全不露痕跡的碧，儼然是個拒人千里之外的成熟女人，讓梢毛骨悚然、腦筋混亂。

可在同時，碧也會用「姊姊煮的飯菜真的好好吃」這種話討好梢。而且，也會穿上結婚禮服給梢看，問她：

「怎麼樣？做得很漂亮吧？」

那是幾乎毫無裝飾，設計簡潔的白色絲緞禮服，非常適合身材高挑毫無贅肉的碧，只有成熟的女人才撐得起那樣的禮服，梢對此也深深感到具體的嫉妒。

愛作夢的梢，比起抽象的事物，當某種具象的東西呈現眼前時，或許更容易刺激她原本沉睡的嫉妒衝動。

但梢好歹也有自尊心，她認為絕對不能讓旁人發現那個。京都姑姑說的話之所以令她氣憤，肯定是因為的確被姑姑一語道破了幾分。

梢之所以起意戴墨鏡，就是想掩飾內心那種動搖。

「這個星期天，那小子要來。」

碧這麼一說，梢的混亂更加嚴重了。

「好歹幫我鑑定一下。」

碧的語氣就像在說什麼貨品似的。就只是帶來家裡，與梢見面，和母親一起喝喝茶——碧如此表示。

「幹嘛不留下來吃個飯？我可以弄點菜。」

梢熱心地說。光是聽說那個男人要來家裡，梢就已經有點亢奮了。可以絞盡腦汁烹調各種菜色款待那個青年，讓她很開心。

「這樣啊，那就麻煩姊姊囉？」

碧說，那種笑容彷彿已看穿梢的心事——會這麼想是梢自己太多疑嗎？

碧從來不曾外宿，但自從向家人宣布婚事後，開始明顯地晚歸。有時梢已經睡熟的深夜，她才拿備用鑰匙進門，上了二樓大概是安心了，只聽她「呼——」吐出一口氣。飄來一陣不知是香水還是洋酒的強烈異味。碧似乎只開了枕畔的小檯燈在脫衣服。壁櫥位於梢的房間這邊，所以每次梢都會替碧先鋪好被窩，但碧不知是否喝醉了，動作似乎有點粗魯。脫下淺紫色褲襪隨手一扔，結果褲襪揉成一團飛到她與梢的房間交界處。香水與酒精還有洋菸的氣味混在一起格外刺鼻。那單薄、皺巴巴的褲襪氣味實在太強烈，似乎沾附著成熟女人身上的油脂。這時碧又吐出一口長氣，梢感覺彷彿是那件褲襪發出的聲音。

室內就此一片死寂，好奇的梢抬起頭悄悄一看，碧的套裝和胸罩也隨手扔了一地，大概嫌麻煩只穿上睡衣上衣，一頭倒在被子上呼呼大睡。內褲是極薄的白色棉質，而且是很小件的比基尼款式，因此營養充足、油光水亮、看似頑強的陰毛，以不可抵擋的氣勢爭相冒出。碧只穿了睡衣上半截，下半身就這麼懶洋洋地伸長，呼呼大睡。光滑的褐色雙腿，肌肉結實緊繃看起來要踢要跳都很有力，腿根茂密的毛髮，看起來也同樣爭強好勝。碧和她的陰毛，似乎一點也不覺得不好意思，反倒是梢再次彷彿碰了一鼻子灰不自覺畏縮起來。

她深深感到，自己果然比不上成熟女人。

星期天到了，夏天好像終於正式來臨，晴朗乾爽又炎熱。海禁與山禁早已開放，可惜最近一直天氣欠佳。

傍晚天色尚明亮，碧就帶著那個青年回來了。梢也沒多做考慮，弄了蟹肉炒蛋、鹽烤香魚、南瓜濃湯，中式西式日式都有，為此不免有點忐忑不安。她覺得或許應該做些更有主題的料理才對，會這麼想是因為對碧要帶回來的青年抱著極大的期待。

這個家，將有年輕男人加入，這種事以前沒發生過，因此梢心浮氣躁與奮得臉都紅了。

比起約定的六點半晚了一些才傳來碧的聲音。梢心慌意亂，急忙衝出廚房，奔向後面的浴室。當初改建時把小院子敲掉做成浴室，因此鏡台就放在那前面的走廊。心浮氣躁地化妝時，她覺得粉底比平時抹得更厚，口紅似乎也太紅了。

按照老習慣，她對著鏡子咧嘴，看看自己笑起來怎麼樣。因為只要一想到這種場合下，在那個叫什麼川越的「那小子」、彪形大漢的眼裡，自己看起來不知如何，便感到臉紅心跳。

「是這裡嗎？」

男人的聲音突然響起，走廊的玻璃拉門被拉開。廁所就在浴室旁邊。

男人真的很像這個家中第一次出現的外星人。膚色黝黑，塊頭比想像中更高大。他一臉驚愕地看著鏡台前的梢，吶吶說聲「不好意思」低頭行禮。梢露出又哭又笑的表情，鑽過他身旁一溜煙逃往廚房。

男人從廁所出來後，似乎坐在起居室。正在和母親說話。碧喊道：

「姊姊，來一下好嗎？——嚇一跤。姊姊該不會是害羞吧？」

說著對青年解釋，「我姊個性比較害羞。」

碧說完笑了。青年朗聲說：

「那跟我一樣。真好，可以遇見個性一樣的人。」

梢剛才沒仔細看，但男人似乎骨架粗大，有張方正老實的臉孔。坦蕩蕩的聲音，聽起來就像是那種臉孔才會發出的。

「快點呀，姊姊，快過來。奇怪，你幹嘛磨蹭半天。」

碧說，母親也跟著起哄大笑。梢更加害羞不敢見客。她覺得自己這些年來就是喜歡那樣的青年，一直在等待對方出現。

年輕男人的鮮活精力，彷彿流入這老舊的小屋子顯得格外耀眼。梢滿臉通紅被那股精力擊中芳心。

然而那個男人，是妹妹的對象。

說不定，愛作夢的梢就這樣反覆沉浸夢想，一輩子都無法在現實生活中與男人相遇，就此終老一生。

梢覺得自己打從很久之前，隱約早已明白這點。可是，她毫無辦法。

「姊姊真怪，快過來。」

「嗯。」

梢低聲回應，準備端出菜餚。這個樣子，萬一出去了說不定會興奮過度，一個人喋喋不休。這樣的自己，梢覺得打從前世好像就已隱約明白。

戀情之棺

有二來也好，不來也無所謂。

宇禰想。她不願勉強自己妥協。任何事只要順其自然就好。不過，她想有二肯定會來吧。她不知道有二自己是否察覺，但有二現在就像小狗一樣圍著宇禰哼哼唧唧打轉。

（我的比喻總是很壞心眼……）

宇禰偷笑。從外表看來，八成看不出宇禰是那麼壞心眼的女人。頗有晚夏風情的藍灰色厚質純棉套裝，手裡拿著草帽。個子不高不矮，但姿勢挺拔，所以看起來高挑。褐色的頭髮蓬鬆，不是染的，是天生髮色就這麼淺。一如這種髮質的人常有的，皮膚也特別薄。一曬太陽顴骨附近就會冒出雀斑，那讓她看起來像個良家婦女。嘴角總是浮現若有似無的微笑，眼神炯炯有力，卻含蓄地隱藏起來。

被隱藏的意志力與壞心眼，旁人無法輕易發現，因此有二似乎也相信她是隨和大度、溫柔善良、撒嬌也不會挨罵的「阿姨」。

為此，有二總是繞著宇禰打轉。那表示他自己尚未發覺宇禰與他之間緊繃的性吸引力便已被吸引。宇禰總覺得他那個樣子，就像被香噴噴的氣味吸引、到處聞來聞去的小狗。

不過宇禰並不討厭有二，她喜歡他。好感與冷漠的分析，在宇禰的心中毫無抵抗地並存。

宇禰覺得這個十九歲的年輕人可愛得不得了。卻也有同等程度的衝動想欺負他。

他總像是期待什麼似地兩眼發亮往宇禰身邊蹭，宇禰嘲笑他背後的真正企圖。卻又覺得他好可愛。

「小有吻過女孩子嗎？」

這樣調侃他很有趣。

「吻過啊。」

有二理直氣壯頂回來。

「小學的時候就有了。」

「不是那種考古學的紀錄。沒有更近代的嗎？」

「你問這個幹嘛？到底是真是假，要來確認一下嗎？」
「大人的做法和小孩子不同喔，截然不同。」
「可惡。你看不起我。」
「改天我再確認一下。你就好生等著吧。」
「不稀罕！」
有二會來六甲山的飯店嗎？
她決定自己開車去六甲山。一方面可以沿路兜兜風，況且這趟要停留四、五天，也想換上各色衣服悠然享受度假氣氛，所以行李自然增多。
宇禰平日工作也開車，因此那輛小紅車上本就備有替換的鞋子，以及披一下可以稍微擋風的毛衣。
那輛車已經開很久了，不過開得很習慣，宇禰偷偷稱車子為「我的音樂盒」。雖然像音樂盒一樣小巧，但她喜愛待在這密室的時光。
公寓的停車場在地下室，電梯來時，裡面已擠滿幼兒與母親。四、五天前暑假結束開始上課，幼兒們的幼稚園似乎也一樣。幼稚園孩童揮舞著黃帽子不停嘰嘰喳喳。

媽媽們也忙著與其他媽媽講話。宇禰對小孩毫無興趣（當然對媽媽們也是……）身為鄰居會點頭打個招呼，卻不會交談。

他們在一樓出電梯，一群小孩四處亂跑擠滿整個公寓大廳。這棟公寓的住戶家有幼兒的不在少數。看著做父母的護著孩子，似乎眼裡完全沒有周遭其他的人。就像現在，宇禰差點在一樓被眾人推擠出去。媽媽們好像壓根沒把宇禰的存在放在眼裡。

（有了孩子就會無止境變得自私自利。）

宇禰暗想。但那不是能夠公然對世間宣揚的事。

二十九歲的宇禰成了不說廢話的女人。——也不形諸於顏色。在下降的電梯中，雖然覺得孩子們吵吵鬧鬧煩得要命，但她絲毫沒露出那樣的痕跡，一直面無表情。

不過，她在工作的地方可不是這樣。宇禰已在裝潢公司工作了七年。那是大型纖維公司旗下的店面，宇禰負責與客戶討論室內裝潢的設計與企劃，聽取客戶的意向給予建議，或是給客戶看樣本，編列估價單。也有很多公寓改建的案子。抱著沉重的地毯或窗簾樣本（宇禰因此鍛鍊出很強的臂力），帶著各種門把、電燈的樣式，桌椅之類的商品型錄去客戶家。在無止境的反覆討論之間，也會觸及客戶的家族成員、家庭嗜好、生活型態，在這種場合，宇禰看到小孩會變得特別親切。

「小弟弟，你幾歲了？告訴阿姨你叫什麼名字好不好？嗯？」

她會蹲下來湊近小孩的臉這麼說。

這種行為很自然就能做到，毫不勉強。不是因為家長在旁邊所以故意諂媚，自己也發現，那純粹是對小孩感到好奇與興趣。

或許是因為工作場所有種戰鬥氣氛，因此激昂的心情尚有餘波盪漾。

宇禰只要願意，絕對可以扮演好一個平易近人、活潑開朗、值得信賴的女人，也有許多客戶都指名找她。這樣的宇禰，和「小弟弟，你幾歲？阿姨幫你設計一個好房間吧……」的聲音與表情非常適合。

（簡而言之，）

宇禰一邊使用車鑰匙一邊模糊想著：

（或許我真的是雙重人格。）

四年前離婚的丈夫崎村對宇禰這句「雙重人格」的批評，宇禰現在不時會在舌尖上品味著、吃吃笑著自己使用。

（就連那個指控，也沒有哪一方是騙人的，所以無話可說。）

崎村指控宇禰對婆婆的態度與表情，和她對待自己時完全不同。被他這麼指責後，宇禰覺得或許的確如此。

當時夫妻倆與婆婆同住，一方面也是出於想給婆婆留下好印象的虛榮心，她時時留意對婆婆保持笑容。

在丈夫面前則會吐露真心話，也會誠實露出生氣或不爽的表情。比起「雙重人格」這個指責的對錯與否，這個字眼的重量更讓宇禰吃驚。

「你跟我吵架明明臭著臉，可是我媽一叫你，就立刻變了個人，和顏悅色的對她擠出笑臉，我看了都覺得噁心，我看你啊，根本是雙重人格。」

當時丈夫的態度之冷漠令宇禰很受傷。因為雙重人格這個說法沒有揶揄的親密感，只有滿滿的惡意。她當下直覺，這個人，並不喜歡我。之前一直不明白為何「心裡空落落的有點納悶」，老覺得夫妻感情有點疙瘩，這下子好像終於恍然大悟。過了一年半，發現丈夫在外面有個婚前就一直藕斷絲連的女人便離婚了。

宇禰取道山手區。與其從行走市區的國道一口氣衝上山，她情願在山腳散布的住宅區之間的山路穿梭，沿山蜿蜒而行，這樣空氣與風景都更好，她更喜歡。

盛夏的暑氣未消，車窗吹入塵埃與熱風。但現在是只有宇禰一人的假期，頭髮蓬亂或骯髒都不用在意。宇禰任風吹拂。

有二昨晚來了。

「你這個時候休假？」他很驚訝。

「對呀。每年到了九月之後就是我的暑假。這已經成了我的習慣，店裡也同意。新年假期嘛當然是跟大家一樣從年底放到年初，但暑假我會和大家錯開，九月才休假。」

看著宇瀰打包行李，有二似乎也心動了。

「我也可以去嗎？」

「你不是要去補習班上課？那樣對你媽不好交代吧？」

「唬弄過去就行了。」

「而且我去的是大飯店喲，穿籃球鞋不能進去。如果沒有打領帶，人家不會讓你進去。小孩不能去。」

「噢——那豈不是中老年夫婦專用？」

說著，有二又問：

「你要去幾天？」

「大概會住四、五天。」

「酷。我好想住一晚！」

「可是，萬一你媽又像上次那樣打電話來查勤怎麼辦？我可不敢領教。」

於是有二捧腹大笑。

宇禰和長姊相差十六歲。她和這個姊姊及兄長是同父異母。只有宇禰一個人是後母生的女兒。

父母過世後，宇禰和年紀差了一大截的異母兄姊感情淡薄，不知不覺，也就變得疏於來往。

況且，當初與崎村的婚事也是長姊撮合，因此離婚之後自然更加疏遠。

父親的忌日時會叫她回去，但有一次她無法出席，於是長姊派了么兒有二跑腿，送來部分供品。

宇禰只在有二小學時見過他，所以對這個現在比她還高的外甥嘖嘖稱奇。面對面的兩人都紅了臉。

那時，宇禰可說是對有二一見鍾情。他說沒考上大學，目前在補習班準備重考。

有二開始經常來宇禰的公寓玩。

「就好像被一股吸引力拖來。大概像吸鐵石吧。」

「你說什麼吸鐵石？」

「宇姊呀。」

有二小時候口齒不清地喊她宇呢姊，不知不覺，就略稱成宇姊。整潔美觀、麻雀雖小五臟俱全的單身女子公寓，似乎令有二頗為好奇。

宇禰沒有弟妹，從小等於是獨生女，所以看到身材高挑四肢修長臉蛋瘦小的男孩子圍在身旁打轉，她覺得很有意思。

「這個你聽聽看。我很喜歡。」

有二會這樣拿唱片來或是借走書籍，也是一樂。

「不行，不能碰那個！拜託不要隨便打開！」

可以這樣毫無顧忌地吼他也很好。

有二會帶她去live house，相對的，因為有二說從未看過歌舞伎，宇禰也帶他去過，但他目瞪口呆。

「無聊得簡直要抓狂！」

他抱怨。

「我猜舞台上的人八成也很無聊吧，幾個主角倒是還好，可其他演員，全都興味盎然看著觀眾席的人……尤其是看著打瞌睡的觀眾時那種眼神，特別溫暖，感覺像在說：你們打瞌睡是應該的，應該的。」

宇禰失笑。

有二只帶了用繩子綁著的書本及筆記本，就這麼臨時起意跑來宇禰住處，但有一次他忘了把書帶走。宇禰起先丟在一旁也不管，但有二整個月都沒出現，宇禰心想是否該乾脆打電話到長姊家，提醒一下他忘記帶走東西。

長姊家在有二上面還有個大兒子，應該也有女兒，不過電話是長姊接的。

「對了，上次聽說有二住在宇禰你那裡。」

宇禰瞬間沉默，但她隨即說當時有二有東西忘記帶走。

過了幾天有二來了。

「你上次是在哪過夜？居然拿我當幌子。」

「在女孩子那裡。是第一次經驗。」

有二說著便抓抓耳朵。

「滋味如何？」

「沒有想像中那麼好。還不如聽著深夜廣播節目自行想像更有趣，跟那傢伙這麼一說，她居然拍打我屁股，還叫我『快點！專心一點！』對我完全缺乏敬意。」

有二自行從冰箱拿出可樂喝。宇禰一直坐在梳妝台前對著鏡子。

「你幹嘛要和那麼小家子氣的女人上床？難道你這麼不受女人青睞？」

「誰知道。我倒是想和宇姊這樣的人睡。」

「哼。」

「我想永遠跟你在一起。」

「為什麼？」

「我也說不上來。因為你和大家有點不一樣。跟你講話，不會像跟我媽講話時那麼無聊，話題也很有意思。」

「那是理所當然吧，因為我不會成天跟你嘮叨考試或分數，你當然覺得在我面前輕鬆，你這個小懶鬼！」

「才不是。不是那樣的，算了不說了……」

宇禰這廂其實也是。對著有二百看不厭。無論是他那骨節粗大、宛如骸骨晃動的雙手揮舞方式，輕鬆跨過桌子或椅子時的兩腳動作，或是柔軟的黑髮散落額前的樣子。每當他在週日午後不期然出現，宇禰總是本著「好阿姨」的心態溫柔歡迎他。當他脫下鞋跟被踩扁的球鞋，散發年輕男孩的汗臭味走進來後，宇禰就會有種「關上大門，上鎖，終於把獵物囚禁起來……」這種想要偷笑的感覺。

她自己也不知從何時開始產生這種心態。「雙重人格」的宇禰，就像說「哎呀，歡迎你來，小有」一樣，好像也可以同樣坦然且冷漠地說聲「你又來了？今天不歡迎你喔」拒絕有二。

而且有二似乎把宇禰的溫柔當成她心軟易哄騙，立刻擺出嘻皮笑臉的態度，毫無分寸地貼過來，對於有二這種還很孩子氣的年輕無知，宇禰也感到有點可憐。

成年人在溫柔面具的背後，說不定隨時會翻臉不認人地恫嚇威脅，然而有二還不懂那種可怕，這種不知世間險惡的青澀信賴，令宇禰心疼。用笑容或糖果點心誘惑純真無辜的少年少女，殘忍加以殺害的現代歐洲性犯罪者——就像格林童話會出現的那些可怕犯罪者——的孤獨樂趣，宇彌覺得自己似乎多少能夠理解了。他們全都擁有精緻的雙重人格者的心臟。

宇彌會漫不經心地一邊跟他說話一邊脫下絲襪，去浴室放洗澡水。

「幫我關水。小有……」

當她這麼吩咐，有二會立刻起身去關水，但浴室晾著宇彌的胸罩內褲和絲襪。宇彌心知肚明。有二若無其事地出來了，可他不可能沒有看到那些東西。

「欸，跟我說說那個女孩子的事。我是說那個打你屁股的女孩。」

宇彌邊整理資料照片邊笑。她請人將目前為止經手過的室內裝潢拍下照片，必須分門別類裝進相簿，她把這份工作帶回家做。有二假裝被那個吸引了注意力，卻又忍不住說：

「不提那個了，倒是你有男朋友嗎？給我看照片。」

「沒有。有也不給你看。」

「不會吧。——我老姊到處給人看她男朋友的照片耶。這樣好像還不滿足，又寄去雜誌社。刊登在『今日我最自豪』這個單元上。真有一套，宇姊，你沒有那種對象嗎？」

有二說著，好像被宇禰手指的動作吸引了注意力。宇禰塗著深色指甲油，有二不時會問：

「那個戒指，上面刻著什麼？」

他拿戒指當藉口，不時觸摸宇禰的手指。順勢也漸漸習慣碰觸宇禰的身體某處，宇禰如果拿梳子梳頭，他就會說「後面我幫你梳吧」，搶著拿梳子。他那笨拙的手勢，似誠實又似厚臉皮，似畏怯似霸道的表情，讓宇禰感到很有意思。

「小有，你一天到晚來我這裡，可曾跟家裡報備？你爸你媽知道嗎？」

有二說，他沒提過。

宇禰去洗手間洗手，用那邊的鏡子瞧著有二，只見他正拿起梳妝台上的粉撲和染了香水的手帕嗅聞。宇禰知道，卻佯裝不知。但畢竟是「雙重人格」，視心情好壞而定，可以故作刁難地問他「你那是在幹嘛？」，讓他丟臉出醜。也可以嚴詞指責年輕男孩的下流心思，讓他羞愧得無地自容。

「你到底是來幹嘛的？希望我替你做什麼？看起來一臉飢渴。」

當然也可以這麼挑明了說，讓他嚇得跳起來。

宇禰光是那樣想像就覺得很快活。

她就像童話《糖果屋》中，歡迎誤入森林小屋的漢賽爾及葛麗特的老巫婆那樣歡迎有二的來到。有二以為宇禰沒發現，悄悄嗅聞女人房間的氣味為樂，反而讓宇禰被他這種懵懂無知逗得很開心。

穿過甲山後，空氣頓時變得清涼，山地溫度偏低。宇禰開窗，在杉林停車，狠狠呼吸山間空氣半晌。暑假期間這一帶的自然森林公園想必也擠滿人潮，但如今連車影都看不到。

抵達山頂的飯店，午後天空晴朗無雲。

飯店櫃台服務人員已經記住每年九月初都會來逗留數日的宇禰，彬彬有禮地接待她。過了度假旺季的山中飯店，有時會趁這時候施工整修反而更吵，不過大抵上都很安靜。

夏日的狂躁結束，宇禰迎來真正的假期。

宇禰每年訂的都是套房。此時仍是按旺季的價碼收費，金額其實不是她這種薪資階級能負擔的，但景觀絕佳無可取代。房間可以眺望美麗的夜景，午後海濱長街在窗下一覽無遺，水平線氤氳朦朧一片茫漠。

萬籟俱寂，宇禰分不清是滿足還是有點恍神虛脱。

去年和前年，都在這家飯店度過避開旺季人潮的假期，期間始終無人來訪。沒告訴別人去向，別人自然不可能找來。不，是根本就沒有對象可以透露去向。

離婚後，宇禰曾跟兩個男人有過關係，但並非特別愉快。只覺得原來每個男人都不一樣，徒然留下「用過即丟」的心情。

那是總公司的男人，如今兩人都已調職，連長相都忘了。

職場除了店長都是極為年輕的男女。偶爾被工作場所的男人偷看的情形也有，但宇禰已習慣那種視線，一貫樹立起「臉上雖有雀斑但溫柔的微笑很美，是工作熱誠的資深室內裝潢顧問」這種招牌。

她就這樣在過了旺季的山間飯店享受一年一次的奢華。每晚獨自去餐廳用餐。

來度假飯店的客人泰半是情侶或全家出遊。會和形單影隻的宇禰搭話的只有常打照面的服務生或飯店經理，宇禰反而覺得這樣更好。只有在工作得心應手格外充實時，才會在城市商務飯店釣男人。逃離工作純粹想安靜休養時，也想逃離男人。

宇禰之所以能夠獲准避開旺季休假，多少也是因為平日賣力工作得到了肯定。而且在城市飯店釣男人這種事，只有在工作順遂身心充實時，才會偶一為之。

宇禰把行李箱內的洋裝扔到床鋪空著的另一邊，換上白色棉質長褲和棉質針織衫就出門下樓。她要去後山散步。

陽光雖熾熱，山頂卻已吹起秋風。飯店附近的松樹沒有被汽車排放的廢氣汙染，看起來青翠美麗。宇禰摘下墨鏡欣賞松樹及芒草。如果一路走下去就會抵達天狗岩這個纜車車站。

路上不見半個人影，終於走到天狗岩一看，只有站務員孤零零一個人。她忽然異常懷念人群。

站在高處，可以在群山之間看見海水及街市，也看得見裸露的山坡土質。獨自待在這種地方，不免會被迫面對過往種種。通常都是第三天或第四天才會出現那種心境，但今年不知怎地，打從一開始便有強烈空虛感。不過宇禰早已習慣，並不覺得難受。雖寂寞，但她喜歡獨處，暫時遺忘工作如釋重負的同時，也不自覺盤算起回去之後必須先檢討該如何回覆客戶估價單的問題。她在想，如果換成剛推出的優良塑膠壁紙，便可省下二成的成本，這樣通知客戶後，只要再給一份估價單即可……於是，她不免也會感嘆：

（原來一個人的時候也會變成雙重人格呢。）

晚間起霧了，露天餐廳雨霧紛紛，也看不清山下紅塵世界。

宇禰吃日本料理，獨自喝了一瓶日本酒。這幾年她習慣利用假期一次看書看個過癮，因此帶了四、五本書來，不過今晚已疲於追逐鉛字。

半夜醒來時霧氣已散，窗外吹著令人哆嗦的冷風，天空和地面綴滿格外明亮的光芒。

天空的星子與地上的燈火，璀璨輝煌之凶暴，簡直美不勝收。

第二天，宇禰散步歸來一看，午後冷清的大廳裡，有二一穿西裝打領帶，渾身不自在地坐著。

他努力試圖表現得坦然自若，舉起一隻手說：

「嗨！」

但他緊張得動作愈發僵硬，孩子氣的柔軟雙唇使性子似地抿得很緊。看起來像個鬧彆扭的小娃娃。顯然深怕被宇禰責罵正忐忑不安，卻還硬撐著。

「雙重人格」的宇禰要用哪種說法都有可能。可以說「你來幹嘛？快回去！」，也可以說「你能來太好了，在這多玩幾天」。

然而，宇禰以一種暗藏凶器的溫柔，朝有二一點點頭。

「那套西裝很適合你。是你自己的？」

有二頓時整個人都笑開了花。

「是我老哥的。」

他說。

「我沒告訴他就穿來了。我跟家裡說補習班要集訓。」

今天沒有雲層也沒有霧氣，海天一色看似極為接近。有二對客房的景觀似乎瞠目結舌，默默倚窗而立。他的行李只有一個運動袋。

「流汗了吧，先去洗一洗。」

宇彌替有二解開領帶。

「怎麼扭成這樣？你還不習慣打領帶的方式吧。」

她說。

有二的眼中緩緩浮現喜色，那幾乎滿溢，不意間一晃，眼皮都紅了。他幾乎是以憤怒的表情甩開宇彌的手。

「為什麼要背對我脫衣服？」

宇彌的聲音洋溢惡意的喜悅格外鮮活有力。有二沒回話。一瞬間，映入宇禰眼簾的是修長光滑又年輕的美麗褐色裸體的背影，臀部留有今年夏天穿泳褲的印子，顯得特別白。

有二出來時，房間已變得有點昏暗。因為宇禰拉上了窗簾。有二悄然無聲走過地毯，神色不安地喊：

「宇姊……」

「我在這裡。」

宇禰臥在床單之間，連頭髮都完全藏起，因此有二沒看見。

「過來。」

有二穿著內褲。

「我要回去了。」

「為什麼？你不就是抱著那個打算而來嗎？」

宇禰的唇角浮現如今已完全像是雙重人格罪犯的微笑。但也可以感到有二無言的反抗。那是有二因自己的混亂而失措，並且似乎對帶來混亂的宇禰懷有恨意的反抗。

「你不就是想這麼做嗎？」

宇禰分明成了壞心眼的施虐者。有二幾乎憤怒得忘了自己是誰，似乎想推開攔阻他的宇禰，卻不知為何就那樣壓在宇禰身上一起倒在床上。宇禰身上一絲不掛。

有二想吻她，卻因渾身顫抖牙齒喀喀作響。

「我喜歡你喔。」

這麼說，是為了安撫有二。

「打從第一次見面，我就喜歡你。」

有二說了什麼。豎耳仔細一聽，「我也是。」他似乎是啞聲這麼說：「打從一開始就是。」

宇禰愉悅地緩緩撫摸年輕男孩光滑的皮膚。有二焦灼地顫抖，連手指都在哆嗦。宇禰覺得比起和任何男人滾床單時，比起和前夫行房時，此時此刻更加歡愉。不曾稀釋，原汁原味的強烈歡愉滲透全身，化為尖銳的碎片貫穿身體。

雙重人格逐漸聚焦，合而為一，完全重疊。

那個字眼，前夫射出的誹謗之箭，似乎意外重傷了宇禰。

然而她感到現在已經完全不以為意。

有二懵然，連什麼時候完事的都不知道。

宇禰穿上單薄的白色睡衣，把面向樹海的窗戶窗簾整個拉開。這頭沒有建築物，所以不用擔心被人看見。

樹海的上方是驚心動魄的豔麗晚霞。

宇禰兩人看著晚霞。躺著看天空時：

「好遼闊……」

「老實說，」

有二愣怔說：

「這是我第一次。——上次和那個女孩失敗了。才剛被她碰到，一下子就……」

「不提那個了，欸。」

宇禰沒有笑。

「我也老實說吧，我真的很喜歡你。早就盼著有一天能這樣。」

「騙人。」

這是有二的口頭禪，意思是：「真的？」

「真的。——這下子，我死也甘心了。」

「我可不要死。我還想好好享受一番呢。」

宇禰笑了。

天色昏暗後，兩人穿上衣服，準備去用餐。宇禰穿的是帶來的黑色雪紡紗晚禮服。對於幫她拉上禮服拉鍊，扣上鑽石項鍊的鎖頭這種新任務，有二似乎做得喜孜孜。

宇禰替有二調整一下領帶，檢查他似乎穿不習慣的皮鞋擦亮了沒有。有二身上就是有種穿著借來衣物的味道。那或許是來自有二曖昧不明的、混雜優越感與自卑感的表情。即便如此，當宇禰小鳥依人地挽著有二的手臂，雖然兩腳打架，他還是昂首挺胸地前行。

走廊和電梯都不見人影。

細長的玻璃窗，下半截是街頭的燈海。宇禰停下腳步。

「你瞧。」

她提醒有二注意那邊，有二雖是看著燈海，眼中卻似有淚，泛著水光，眼皮浮腫。緩緩將宇禰的身體壓向牆壁的動作，豪放粗俗得甚至可悲。雖不懂他為何突然想親吻，但察覺有二的意圖後，宇禰大方配合他。

電梯停止，人們走出電梯，兩人撇開頭走進電梯。電梯內就只有他倆。宇禰輕輕拿手帕替有二拭唇。他的唇上微微沾到口紅，有二一臉怒意。

餐廳已事先訂位，因此兩人在靠海的位子坐下。白霧時淡時濃地盤旋，街燈每次都會隨之忽隱忽現。

點了魚類料理後，熟悉的侍酒師過來推薦他們喝德國葡萄酒。

「是維爾廷根（Wiltingen）生產的葡萄酒，市面上很少見，想必會合兩位的胃口。」

若是平日的宇禰，大概會毫不囉嗦直接交由侍酒師決定，但今晚這種話題也點滴滲入心頭顯得格外有趣。她很想故作矜持地顯擺一下。

「那支酒叫做什麼？」

「夏侯堡（Scharzhofberger），是伊貢．米勒（Egon Müller）酒莊釀造的，在當地是最棒的酒。口感清爽冰涼。」

「那就喝那個吧。」

這樣你一言我一語的很好玩。有二似乎對這樣的對話充耳不聞，舌頭僵硬了，看著宇禰的雙眸也帶著黏稠。那並未令她不快。他那種甚至忘記撇開視線的混亂模樣很可愛。

宇禰避開旁人的目光，悄悄將放在桌上的手蓋在有二的手上。有二結結巴巴：

「宇姊，你好美。我第一次見到你時，你實在太漂亮，害我都臉紅了。」

「啊，我也是喔。臉都紅了。」

「騙人。你總是像要講出奚落我或故意跟我作對的話，只是調侃地笑著。」

「那是因為我太喜歡小有了。」

「騙人!?」

這種時候他很孩子氣，那就像是不時從哪個裂縫零星漏出的現實。有二的腦中，肯定正有大大小小的煙火不斷爆炸噴發。想必，他根本不懂伊貢．米勒酒莊，也不知道什麼夏侯堡。宇爾緩緩將冰透的葡萄酒含在口中，享受那帶有蘋果味的清爽風味。比起葡萄酒和魚類料理，有二肯定滿腦子只想著待會星光滿天的床笫。

這點宇爾亦然。

就是因為有那種期待，微帶雀斑的臉上才會浮現美麗的歡顏。然而另一方面，宇爾也不得不想。

如此令人喜悅的良機，僅此一次，絕不能再有下次。

因為不打算複製所以才有無邊無際的歡愉。

我們在山頂的黑土挖出巨大洞穴，埋葬不為人知的戀情之棺。

記得好像有這麼一首詩來著，是西條八十寫的嗎——宇爾思忖。

不可告人的二人戀情
直到我們的棺上長草
也終將無人知曉

有二一邊嘆氣，一邊吃盤中菜餚，咀嚼之際，猶不忘看著仇人似地瞪著宇禰。

宇禰頷首，朝他嫣然微笑。

戀情的棺木，已半是入土。就在這山頂飯店的漆黑夜色中。

「宇姊。如果你不是阿姨，我真想跟你結婚。」

「意思是說我已經是歐巴桑了？」

「兩種意思都有。」

「你還真敢說。」

宇禰瞋他一眼，他彷彿再也憋不住，幸福地笑得滿臉通紅。宇禰自覺，從她溫柔的微笑，八成看不出是埋葬了戀情棺木的人吧。然而宇禰為了將這種歡愉尖銳化，壓根不打算與有二再度製造機會偷情。宇禰只對於自己將這決心如匕首暗藏懷中，一逕吟吟微笑的「雙重人格」，感到滿心愛憐。這，才是女人活著的喜悅。

為了斟酒，服務生舉起自酒窖取來，猶帶水珠的酒瓶。

不過如此而已

或許都是「七七」的錯。

事情本該更順利一點的，結果好像就是不肯朝預設的方向發展，所以這下傷腦筋了。

為什麼會變成這樣？

我是說堀先生。

我愛上了堀先生。

他是比我小六歲的青年。

若問他到底哪裡好，我也說不上來。其實他並無特別值得一提之處，就是個平凡青年。

而堀先生那廂，也不知是怎麼看待我，不過，他應該不討厭我吧。

我倆很聊得來，而且品味也挺相似。

聊到某藝人或某小說時：

「啊，那個不行。那個我受不了。」

這點，也跟我一樣。

但，我盡量不讓堀先生看到我丈夫。

我不希望他看到我丈夫後覺得：

（啊，那個我受不了）

我並不是討厭丈夫……更何況，丈夫並不是什麼見不得人的男人，但他熱衷工作，與我和堀先生的世界好像有點不一樣。

我不希望堀先生看到我丈夫後，心想：

（嗯——會嫁給這種人的香織小姐自己恐怕也——）

我希望他只把我當成我看待，不願被添加無謂的資料。

我並不想對堀先生怎樣。我可不喜歡不顧一切莽撞行動。

雖然不想亂來，但除了丈夫之外，我的確也想確保「心愛的堀先生」。並沒有要他做我情人的明確想法。他畢竟太年輕，況且我也不知對方是什麼想法。

不過，我的確有點希望他在我身旁打轉。

話說回來，我和堀先生的關係變得更親密都是因為七七。

七七，是小豬玩具——或者該說，是手指人偶。

臉孔是用黏土揉製，塗上鮮豔的粉紅色，連接小小雙手（同樣是粉紅色）的是廉價碎布隨便縫成的衣服。一隻手鑽進那塊布中，食指頂著七七的頭，七七的雙手分別綴有硬紙筒，以便套入中指與拇指。

食指彎曲，七七就會跟著點頭。

動動大拇指，七七就會揮動左手。

只是騙小孩的簡單手指人偶，但七七的臉孔非常可愛。翹著鮮紅的豬鼻子，眼睛驚愕地瞪得圓滾。

而且神情非常快活。

我害怕養生物（因為曾經養死好幾隻貓），因此身邊沒有可以嚷嚷「好可愛！」的生物。

年輕時曾經流產，目前三十歲尚無小孩。但一如我從不覺得丈夫「可愛」，我也不認為人偶或玩具熊有何可愛。

說不定，那就是墜入情網的起因。在那之前，我一直以為比起自己去疼愛什麼，只要能被丈夫疼愛就已足夠。

女人被寵愛才是幸福。這個神話，凡是有女兒的父母都相信。但女人的雙手或許總是朝空中伸出，尋求能夠讓自己寵愛的事物。

我把右手伸進七七的布，動動七七的腦袋與雙手。

「你覺得堀先生今天會來嗎？」

我說。

〈應該不會來吧？今天又不是說好要來的日子。〉

七七搖頭說。

這時七七的聲音，變成小男孩獨特的、可愛的沙啞嗓音。當然是我在說話，不過，看著七七的臉孔，儼然像是七七在說話。

小臉蛋只有手心一半大，在我看來表情卻很豐富。

「是喔……堀先生不會來啊。」

〈打電話給他也沒用喔。他在外面跑業務，不在辦公室。我知道。〉

七七口齒不清、結結巴巴地說。

在我與堀先生之間，七七一直是個小男孩。不知為何不是女孩……。七七是在「天神祭」的夜市攤子買來的。

大阪的天滿宮天神夏日祭於七月二十五日舉行，這天大川有駕船迎送神明的「船渡御」活動，人潮洶湧。我和堀先生相偕去天滿宮拜拜。

這是我倆第一次結伴出遊。

我的工作是做人造花。用染料將布片或薄紗染色，再用電熱棒夾出花瓣的形狀，用於帽子或人造花束。

也製作號稱藝術造花的精緻美麗假花，並且曾開班授徒，不過現在比起那方面，主要是做被稱為新娘禮服花飾的東西。

也就是做新娘的頭飾，以及婚紗禮服和敬酒穿的禮服上的花朵。

設計師會送來草稿圖和布料樣本。我就配合那個，自己動腦筋製作頭飾及衣服上要點綴的玫瑰、小花等等花飾。

不時也會用到金色玫瑰或藍色玫瑰這種夢幻色彩。如今婚紗一年比一年花俏。純白的婚紗上，有時會綴滿粉彩色的小朵玫瑰花。甚至下擺也會點綴一圈金色花朵。

對於婚紗必須極盡豪華、華麗、惹人矚目的要求，一天比一天更強烈。婚宴會場及婚紗出租公司都忙著不斷更新婚紗禮服。據說即使做得再多還是不斷收到追加訂單，因此我的工作也跟著增加。

現在若是小朵的花飾或葉片，我寧願出錢拜託以前教過的那些家庭主婦代為製作，然後我再收回來整理或修飾。另外最能看出手藝高低的頭飾，就由我自己負責。

這本就是我的興趣，況且當我絞盡腦汁發揮創意，贏得婚紗公司及設計師的好評，我也大受鼓勵，更加投入工作。

丈夫對此並不贊成，但也沒有特別反對。他的工作很忙，每天回來都已精疲力盡。深夜返家後因為過度疲勞往往心情欠佳。晚餐也幾乎沒在家裡吃過。

丈夫與同事相處的時間，遠比和我在一起更長。偶爾見他早歸，也是忙著往行李箱塞東西。

「你這是幹嘛？」

我說。

「我要去美國。明天起出差兩星期。」

「噢——」

「我沒跟你說過嗎？」

我壓根沒聽說。

丈夫並無惡意，是真的忘了，以為自己已經說過。

他滿腦子似乎只有工作。

工作上的電話甚至會打來家裡。丈夫接到電話毫無不滿。不僅如此，看起來還很高興。而且他會聊得很熱絡，與電話彼端的人物產生甜如蜜的親密感，笑聲之中，帶有令我聽了都毛骨悚然，甚至堪稱性愛式陶醉的充實感。

工作與友情。

若有似無的競爭意識，似乎也對那友情產生愉快的張力。

丈夫現年三十五，似乎正處於工作得心應手的環境。與朋友的交遊往來，好像也成了他的人生支柱。

我揣測丈夫的充實感，抱著「那樣最好」的念頭，自己偷偷過我自己的小日子。因為感覺他就像一個人玩得很好、不吵不鬧的乖寶寶，所以我不用在他身上花太多心思。

（沒想到他是這麼不用我費事照顧的人。）

我半帶灰心的想。

雖然一開始就已察覺他是相當專注工作的人。

他好像也沒有非要生小孩的打算。

我開始做人造花的工作後，終於不用再煩躁地旁觀丈夫「一個人玩」。如此一來，丈夫三天兩頭不在家或出差，反而對我更方便。因為我出門去百貨公司或參觀時裝秀、婚紗禮服展示會的次數也愈來愈多。

我做的假花博得好評後，也變得貪心了。我大量搜購國外的婚紗書籍，一心只想多吸收一點新鮮空氣。也開始去看電影，替自己買了不少新衣服，或是訂做服裝，變得很注重打扮。

而且我手裡有錢了！丈夫是美式風格，向來只給我必要的生活費。「不能把錢都交給香織掌管，你只會有多少花多少。如果我不好好管著，鐵定成了所謂的『泥菩薩下水』。稀裡糊塗就泡湯了。」

我自己並不這麼認為，但在丈夫看來或許如此。

但我的工作意外賺到錢令我很開心，我沒有告訴丈夫。只向幾個親友偷偷報告。

不可思議的是，我的興趣開始幫我賺到錢後，反而能夠對丈夫產生共鳴了。當然不是重新愛上他。

我只是覺得，工作如此有趣，難怪丈夫會全心投入。

丈夫與同事的友情之緊密，雖讓我稍感吃醋，倒也能夠體諒，對於丈夫的深厚友情，也能抱著「這是難免的……」的理解了。

當他忙於工作時，本該是最奢侈地耗費大量時間的夫妻恩愛，也改用掏耳朵的示愛方式，眨眼之間就此打發。對於丈夫這種習慣，我終於能夠恍然大悟地覺得「……難怪」。

當然有時也覺得這樣光靠理解與領悟填補空白的夫婦關係，未免太稀薄，但我無能為力。

況且，對丈夫而言我仍是必要的一部分。

有時丈夫會邀請公司的人（帶著妻子）來家裡吃飯開派對，這種時候，我會假裝與丈夫鶼鰈情深。因為我知道丈夫如此期望。

也有許多夫妻都有派駐海外的經驗，因此派對很熱鬧，這種時候，我會扮演丈夫最稱職的伴侶。

我的演技絕佳，足以匹敵丈夫。膚東皺紗白襯衫配亮麗的藍色牛仔褲，穿在身上很合身，至於首飾，只有白金項鍊及耳環。頭髮剪得很短，我知道這樣的我能引來男男女女的注目。但我堅持扮演受丈夫寵愛的任性小妻子，丈夫也笑著扮演縱容嬌妻任性的好丈夫。

派對結束客人離去後，有時我們依然很亢奮。

客人之中也有丈夫的上司夫婦，我們肯定給他們留下「這個家庭真的很幸福！雖然沒有小孩，但夫妻倆的感情看起來水乳交融。這是成功的婚姻生活！」這種印象。因為我們發現許多足以如此相信的證據。

那對於丈夫在工作上的立場很有利。

丈夫與我都沉醉在這樣的成功。派對結束後依然不減興奮。

「香織，要喝一杯嗎？」

丈夫把喝剩下的白葡萄酒從冰塊已快溶化的玻璃桶抽出。

「好啊，我要喝。」

對話這樣已足夠。和丈夫一起洗澡，然後，耗費比平時更多的工夫和時間做愛，那與其說是派對的亢奮所激發的愛，毋寧更近似「我們成功了！是吧，搭檔？」這種合演完一場好戲之後的慶功宴氣氛。

受邀去別人家作客時也是。

我戴著寬帽緣的黑帽子，身穿暗紅色天鵝絨長大衣，裝扮出有點「美好的舊時代優雅」風格。絨布黑帽子綴有紅色羅緞緞帶，在玄關脫下大衣與帽子後，裡面是豹紋絲質襯衫與黑色絲質緊身褲，換言之讓服裝說話就好，自己不用饒舌出風頭，只要扮演喜歡對丈夫撒嬌，熱愛派對，而且真的很興奮的模樣即可。

最後愈演愈假戲真作，我似乎真的打從心底享受派對，但是到了一天的結束，終究擺脫不了那種「今天的戲也演得不賴！客人的反應與喝采也很熱烈！是吧，搭檔？」的心情。

不過，我不覺得自己不幸。因為我認為，人生，還是「演得成功」最好。

堀先生是婚紗禮服公司的人，每個星期會來收取一、兩次我的作品。之前負責來收貨的青年們，確認件數是否正確、是否按照設計師的指示縫製後，往往不多說廢話便匆匆離去。但堀先生會仔細打量做好的頭紗或花飾說：

「啊，很有氣質呢。」

「這顏色很精緻呢。」

因此我不知不覺愛上堀先生。

他是個看不出年老或年輕的人，據說現年二十四歲，未婚。身材中等，有點偏瘦，五官平凡，臉色也不太好看。頭髮帶有一點褐色，是剛硬如鐵絲的直髮，毫無肉體魅力。甚至堪稱外表寒酸。

然而，不知怎地我就是喜歡他。

「這種大紅色洋蘭，看起來雖然花俏，卻又有種高貴的氣質，格外清純。」

他會如此讚美。他是「懂得欣賞」的人。我說：

「可是公司一再強調要我做得花俏、花俏。偏偏就是很難做出花俏、夠引人矚目的成品，做來做去都會變成楚楚可憐的可愛風格。」

「是啊，這年頭，大家都喜歡花花綠綠的東西……就拿敬酒穿的禮服來說吧，不知該說那是阿拉伯後宮風格還是鯉魚旗，簡直花俏得一塌糊塗。這種現象北起釧路南至鹿兒島，全國各地的婚宴會場都很常見，真不知是怎麼回事。現在的日本人是有花俏飢渴症，還是都想當明星？這年頭的年輕人，真是驚人啊。」

堀先生彷彿自己不是年輕人般地笑了。

堀先生這種率直、溫文儒雅的笑容我也喜歡。他含蓄的笑聲我也喜歡。

一旦覺得喜歡，好像心裡的某種情愫難以遏止地瘋狂增長，我性急地對他聊起音樂、書籍以及電影等等話題。

堀先生沒有年輕人那種不懂偏要裝懂的臭脾氣，所以我見過「堀先生」後，也不必再覺得「今天的戲演得很成功！」。

我可以誠實地說，誠實地笑。

雖只是短短十分鐘或十五分鐘的相聚，但堀先生預定要來的日子我總是心情特別好。

不過話說回來，為何他如此令我懷念？總覺得似曾相識。彷彿前世就已認識他。

有一次，正在做假花的我忽然心血來潮，從丈夫的書架取來《日本近世百年史》這本攝影集。

對，翻到這本書的戰爭時期部分，刊有日軍侵華做出種種殘酷惡行的照片。其中一張，不知是游擊隊還是間諜，抑或是無辜的普通老百姓，只見一名青年按照日本做法雙手被反綁在身後，正要遭到日本士兵們處刑。

鋼絲般的直髮，清澈的目光，瘦削的雙頰，與堀先生一模一樣。
青年的眼神清澈平靜。彷彿要調侃處刑的人：
「這樣好嗎？真的？沒問題？」
是毅然決然的目光。
然而，這或許只是我自己想太多，面臨死刑的青年，說不定已因絕望和恐懼渾身僵硬，只能朝鏡頭呆呆投以恍惚失神的視線。
那渺小如豆的照片，深藏在我的記憶，或許因此與堀先生纖細的身材重疊，勾起我的回憶。但我當然不可能對他說：
「你和將要處死的俘虜很像喔。」
所以我始終不曾提及。
堀先生習慣來我家後，帶來不少方便。丈夫不肯碰的家電用品的簡單修理、善後收拾，星期天堀先生來的時候都會幫我處理。丈夫星期天也不在家。稍有空閒時他寧願陪客戶打高爾夫球。
我邀請堀先生共進簡單的午餐。

有三隻流浪貓母子，雖然不是我家養的，卻經常待在院子吃我餵的飼料。堀先生輕輕伸出手，貓咪們乖乖吃著貓食，任由他撫摸腦袋。

還有鼬鼠定居。某次小傢伙正要穿越院子，看到堀先生，還皺著眉頭駐足看了堀先生老半天。

「我喜歡動物。很想在鄉下養動物。」

堀先生這麼一說，我當下舉雙手贊成。打赤腳和小貓小狗作伴，騎馬奔馳的生活，肯定很美好。可惜不能實現，我肯定還是會和丈夫演戲，想著「今天的戲也演得很成功！」堀先生則是繼續從釧路到鹿兒島，四處推銷婚紗禮服過日子。

「都市長大的人，終究做不到。」

堀先生隨口說道。果然不愧是大阪人，壓根不當回事。似乎在精神上步伐特別輕快。

天神祭那天晚上，我與堀先生一起去看熱鬧。

人潮洶湧，橋上摩肩接踵，擁擠得無法參與船渡御活動，我們直接去正殿拜拜，在路邊攤買了手指人偶。鑼鼓喧天。

咚咚七七鏘

咚　七七鏘

咚咚七七鏘

咚　七七鏘

天神祭的鑼鼓樂聲頗有大阪人的風範，顯得格外熱鬧忙碌。

對於京都祇園祭那種徐緩悠長、拖長了音調的「咚——咚——七——七鏘——」，大阪人總是批評「聽到那種老牛拉車慢吞吞的聲音，只會兩眼發黑」。

那鑼鼓聲始終不絕於耳，於是小豬手指人偶就此取名為七七。

我們走進南區的義大利麵店吃飯。這是我第一次與年輕男子單獨在大阪的深夜街頭「遊蕩」。

那間餐廳很像地窖，卻充滿活力。我們喝了葡萄酒，而且，中間夾了一個七七非常有意思。

堀先生氣色欠佳、光滑細緻的肌膚，逐漸泛出一點點血色。並不是腹語術那麼誇張的技藝，他只是用右手舉著七七說：

〈呃——我是七乚。〉

扮演七七時，他很會模仿幼童的聲音說話。

〈大姊姊和大哥哥是什麼關係？〉

「你覺得應該是什麼關係才對？」

我也開玩笑接腔。七七小巧地搖頭：

〈應該沒關係吧。應該不是男女朋友吧。〉

「這小傢伙好像有點早熟而且還有點老氣橫秋。」

堀先生說。

「好像是很嘮叨的小孩喔。」

我也說。

七七這次把臉轉向我，指著我說：

〈大姊姊應該趕快回家了吧。〉

這種帶有規勸口吻的「應該」，帶有很好笑的味道。
〈大姊姊的老公應該很擔心喔。〉
「沒事。小孩子不用操心。」
〈可是，大姊姊太晚回家，老公應該會生氣吧。〉
「老公自己也很晚回家。」
我說。
〈嗯……夫妻倆都很晚才回家啊？〉
「對。」
〈那你們到底是為了什麼住在一起？〉
為了演戲。
但七七會懂嗎？
〈大姊姊，你的快樂是什麼？〉
「這個嘛……就像現在這樣，喝葡萄酒，發呆。還有和七七在一起。」
〈和堀哥哥在一起呢？〉

「很快樂啊。」

我不禁脫口而出。

〈大姊姊喜歡大哥哥吧？〉

「啊——嗯，對。」

「七七。夠了，別裝小大人。」

堀先生看似慌張地說著，敲了一下七七粉紅色的腦袋。

〈好痛！為什麼要打我？〉

「因為七七說了不該說的話。」

〈大哥哥自己明明就很想問吧。〉

「喂，不是叫你別說了。」

〈為什麼不能說？大哥哥喜歡大姊姊吧？〉

「唉，真拿你沒輒，小壞蛋。」

我說。

我倆出去喝酒的情形，逐漸增加。

七七總是藏在我的皮包同行。

在酒吧喝酒時，堀先生會讓七七大喊：

〈又喝第三杯！這怎麼得了！這樣會回不了家啦！〉

「就算真的回不去，又有什麼關係。小孩子不要插嘴管大人的事！」

〈啊——大哥哥大姊姊該不會變成外遇關係吧？〉

簡直太滑稽，我忍不住笑了。

堀先生與我，或許是當成開玩笑，就這麼半推半就，像「泥菩薩下水」一點一點融化，所以沖淡了抵抗感。因為只要有七七在，我們就可以坦然嘲笑「外遇關係」。

七七把臉扭向堀先生抗議。堀先生故意摀住七七的嘴巴，說：

「小笨蛋，小傻瓜，不是叫你別說了……」

〈好痛！打人家腦袋會變笨耶！老是喊我笨蛋長笨蛋短的，真的會變笨喔。〉

我聽著堀先生與七七的對話不禁捧腹大笑。

堀先生這人，沒想到居然是這麼寶裡寶氣（大阪說法，意思是指耍寶）。虧他有張即將被處死的犧牲者臉孔。他搞笑的個性漸漸原形畢露，逗得我很開心。

堀先生看似溫文儒雅，卻像是底下藏滿許多有趣事物的寶盒。

七七從此成了我與堀先生的偶像。

「七七最近好嗎？」

打電話聯絡時，堀先生總不忘這麼問。

我把七七豎立在工作室角落。用毛巾包裹化妝水的瓶子，再把七七套在上面，讓他站直。

如果不這樣做，七七會像斷了線的小木偶，化為碎布與土塊，萎靡在桌上。

七七乍看之下，塌鼻子和張大的嘴巴很像小呆瓜，但我知道他可沒有那麼容易對付。

〈這個星期天，大姊姊的老公該不會又要出差吧？〉

「哎呀，好像是耶。」

〈大姊姊正打算開車出去兜風吧。哈哈哈，好期待喔。〉

「討厭——你這個『人小鬼大的小壞蛋』！」

我說著，忍不住敲七七的腦袋。

結果，那個星期天果然如七七所預言。

我們去了北攝的山裡。那天，丈夫留下了車子，於是由堀先生當司機。

我左手撐著七七，讓七七從車窗看外面。

時值初秋，天氣還很熱，但風的氣味已有不同。

七七很開心。

〈啊啊，好舒服的風——〉

這其實是用我的聲音，但七七的聲音變成可愛的幼童聲音。

「的確是一路好風相送。」

〈我肚子餓了——快給我吃飯！〉

七七尖叫。

「誰啊，這麼不懂禮貌。我可不記得有帶這麼不懂禮貌的小朋友出來喔。」

堀先生也跟著一搭一唱，超好笑。

樹木的綠意已有點褪色，雜草兇猛茂密的樣子也失了氣勢。最主要的是雲不同。變成輕飄飄的淡淡微雲。

河邊種了成排垂柳，形成一段美好的綠蔭。時間還有點早，繼續走下去，忽然出現一大片社區公寓，於是兩人商議：

「就在這裡吃飯吧。」

攤開舊桌布，堀先生與我取來便當。正方形的春慶漆器便當盒非常沉重。

「噢，噢，嘖，嘖嘖……真開心。」

堀先生已迫不及待地開始嘖嘖有聲了。

趁我取出杯子筷子時，堀先生又玩起七七。

「七七，你一定不曾在這種地方吃過大餐吧？」

〈我的人生好黯淡……〉

不過若要這麼說，其實我也是。

活到這麼大，我從來沒有野餐過。丈夫倒是經常與同事去打高爾夫在外野餐吧。

而且，冷眼旁觀丈夫獨自玩樂，我覺得自己的人生就像「泥菩薩下水」，一點一點地漸漸消耗。

只不過是肉丸子及烤雞肉棒、燉蔬菜、生菜沙拉、醃梅子、炒牛蒡絲這類簡單菜色，堀先生卻吃得津津有味。

雖然身材纖細，臉色欠佳，但他的身體底子似乎還不錯，食欲旺盛地狼吞虎嚥。

我做的飯菜，第一次有人這樣吃得津津有味。

（年輕人果然就是不一樣。）

我如此深深感嘆。

堀先生說宿舍平日供應的飯菜很差，所以把肚子吃到都快撐爆了，非常滿足。然後——

〈肚子爆炸男！〉

他讓七七這麼喊他。

〈大哥哥，你沒話說了吧。〉

「對，無話可說。」

〈你一定覺得要是天天都能吃到這樣的飯菜該多好吧？〉

「對，我是這麼想。」

堀先生露出天真無邪的陶醉神情，倒臥在布上，雙手疊放在腦袋下方。只有略遠的縣道偶爾有車經過，四周很安靜。堀先生依然躺著，把七七放在膝上。

「七七，你去給我撿個老婆回來。」

〈那種東西可不會掉在地上。大哥哥應該自己去找吧。〉

「囉嗦。」

我也吃得很飽，所以心情很好。

平時都是一個人吃飯，往往剛吃完就已不記得自己吃了些什麼。

所以，現在待在空氣清新的地方，吃得飽飽的，心神恍惚，感覺很舒服。

「那個雞蛋裡放了毛豆的毛豆煎蛋，很好吃耶。」

堀先生對七七如此說。

「我以前只聽說過韭菜煎蛋。還有白飯上面撒點黑芝麻也不錯。用海苔包飯吃、壓得扁扁的不夠美觀，對吧，七七？」

〈嗯，我喜歡烤雞肉棒，炒牛蒡絲也不錯。對了，聊飯菜的話題是無所謂，但是待會要去哪裡？〉

「嗯——你覺得去哪裡好？七七。」

堀先生的態度怡然自得。

那讓我又想起即將被處死的犧牲者那清澈的目光。

說不定，堀先生的個性其實「非常厚臉皮」。

〈如果去不該去的地方，後果很麻煩喔！〉

七七大喊。

我想過種種狀況。

我喜歡堀先生，所以要去也行，但另一方面，多少也有點打退堂鼓，覺得「變成那樣會很困擾」，最好不要讓事情變得太複雜。

「是啊，最好不要惹出什麼麻煩。」

堀先生是在試探我嗎？

哼哼。

但我還是會在意。

〈還是趕緊把布收起來回家吧！〉

「七七，你好囉嗦。」

我笑著敲七七的小腦袋。

七七又高喊：

〈再這樣磨蹭，就會想去不該去的地方喔！〉

真是太好笑了。

我喜歡這樣的堀先生。感覺上，很逗趣。

但是如果硬生生地非要把這種人變成情人，事情也就不過如此而已。

我從堀先生的手裡接過七七，讓他高喊：

〈對呀，大哥哥。事情可不是睡一覺就好喔！〉

堀先生敲七七的腦袋，仰望藍天，緩緩倒臥。看來是打算睡個午覺。

行李已打包好

秀夫一早就沉默寡言，似乎不怎麼高興，繪里子假裝沒發現，還是照常說話做事。不過，她心裡其實左思右想，一直暗自探究秀夫不高興的原因，卻想不出所以然。

（為什麼？）

昨晚兩人一起看電視，之後在十一點左右舒舒服服就寢，照理說沒有不高興的理由，但秀夫就是臭著臉。

一旦扳起臭臉，彪形大漢更顯得魁梧，看了就心煩。秀夫身高有一米八，渾身上下的肉也不少，而且雖然已四十四歲但臉孔還有點稚氣。四十二歲的繪里子身材嬌小所以看起來年輕，但丈夫秀夫因為有張娃娃臉，有時甚至會讓人以為他才三十幾歲。

但他不高興的時候看起來就像小孩鬧彆扭的神情。

默默吃完早餐的奶油吐司、熱咖啡與培根，秀夫去換衣服，一邊打領帶一邊總算幽幽冒出一句：

「今天我要去天王寺一趟。」

（搞了半天是為這個。哼。）

繪里子抱著這種心情，平靜地說：

「如果要弄到很晚，我就不做你的晚餐了。」

「現在還不知道。」

「我也在外面解決晚餐。」

「我說不定會回來吃。」

「那只有茶泡飯喔。」

「隨便！」

凶什麼凶啊，繪里子覺得莫名其妙。

大阪南區的天王寺那邊，住著他的養母與前妻京子，以及他與京子生的三個孩子。秀夫會不定期去那邊探視。

每次要去天王寺時，秀夫都很不高興。

其實，丈夫去天王寺和前妻及孩子們團圓，應該是現任妻子繪里子不高興，擺臭臉的也應該是繪里子才對。

結果秀夫卻搶先一步不高興。看來，秀夫是猜到繪里子會不高興。或許是怕被繪里子責怪，所以自己先用臭臉武裝起來抵禦。

再加上不得不做出惹惱繪里子的舉動，似乎也令秀夫對自己的笨拙很生氣。秀夫勉強打開金口：

「小武在學校惹出問題了。」

「噢——」

小武是秀夫的次子，現在就讀高中。

「聽說他打了老師。」

「這年紀的孩子都這樣……」

繪里子嘀咕，但心情卻是「那關我屁事」。

那種問題天王寺那邊自己解決就好。

犯不著還來這邊訴苦吧。就算是親生父親，畢竟已經分居了。

「真的是，沒有半點好事。」

見繪里子沉默，秀夫似乎更加煩躁，但這種時候，難道該附和他的話才好？

也不可能揪著這點數落他。

「今晚好像會很冷。」

繪里子改變話題。

「你可要穿暖一點。」

「……」

秀夫平時是個心情平穩、態度親切的男人，唯有要去天王寺時，會變得不高興。或許是想讓繪里子知道：我可不是自己喜歡去，尤其今天是去解決頭痛的問題。但擺臭臉是最不應該的。

（擺臭臉，在男女同住的場合，就等於是唯一一張椅子……）

繪里子想這麼說。

（如果有哪一方搶先坐下，剩下的人就只能站著玩搶椅子遊戲。不應該自己先坐下。）

不可能兩人都擺臭臉。如果真的變成那樣，那表示同居關係也到了盡頭，如果還想繼續共同生活，就該知道椅子永遠只有一張。——尤其秀夫平日既不蠻橫也不凶惡。而且繪里子一直覺得他的眼睛「和巴吉度獵犬的眼睛一模一樣」，但她沒有說出口。向上翻的三白眼可憐又柔弱，而且好像一撒嬌就會變得特別厚臉皮，這種感覺，繪里子並不討厭。有時甚至覺得很可愛。

但是擺臭臉就傷腦筋了，她想。

繪里子結婚已有十年。秀夫是再婚，但繪里子是初婚。直到三十二歲仍小姑獨處一心工作，除非真有什麼好玩的樂子否則她根本不打算結婚。

她負責製作阪神地區日本酒製造商的聯合公關宣傳雜誌，已經工作多年，待得也很舒服，人面也很吃得開。習慣了隻身住在大城市的生活。如果沒有特別追求理想的話，大阪算是住起來很自在的城市。

她與秀夫是因工作認識的。當時他三十三、四歲，和前妻結婚已有七、八年，但兩人第一次去喝酒時，秀夫就對她吐露心事：

「其實，我正考慮離婚……」

因此秀夫並非為了繪里子才與前妻離婚。

秀夫早就不想和前妻過下去了，之所以一直沒離婚，是因為複雜的家庭狀況。

秀夫不是天王寺那對老夫婦的親生兒子。他是以養子的身分繼承天王寺的家業，然後娶了京子。是「養子．養媳」這種大阪所謂的養子夫妻。

就在他不斷抱怨「乾脆離婚吧？該怎麼辦？」的過程中，有了三個孩子。養父過世，經過種種波折，最後還是離了婚，京子搬出那個家。留下了孩子。

秀夫起先與養母一同撫養孩子，但京子不到一年便再婚後，或許是心情豁然開朗，他對繪里子說：

「我們結婚吧，哎，我想挽回過去的人生。恨不得早點——哪怕只是早一天，享受快樂人生。我想開心過日子。」

哪怕只是早一天，也要享受快樂人生。這種說法讓繪里子忍俊不禁，頗為欣賞。

然而，小孩是個問題。繪里子也在上班，最後結論是要不就每月給天王寺那邊一筆生活費，夫妻倆自己在這邊生活，要不就是把孩子們接過來自己照顧。繪里子明確地表態：

「我寧可繼續上班，給他們生活費——因為我不會帶孩子。」

她覺得這是緊要關頭。她冷靜地判斷，這可不是言不由衷地說客套話、裝好人的時候。幸好，天王寺那邊的養母身體還很硬朗，可以代為照顧小孩，於是秀夫從家裡搬出，和繪里子住在豐中的公寓。

繪里子一直待在原來的職場，但每個月要貼補不少錢給天王寺那邊，雖然夫妻倆都工作卻存不了錢。

即便如此，她還是很慶幸結了婚。不只是秀夫，繪里子也像是「彌補了過去的人生」過得很快樂。

繪里子沒去過天王寺的家，但不時會與秀夫一起帶著念小學的孩子們去天王寺的動物園或阪神樂園玩，擬似親子遊戲也玩得很開心。雖然和秀夫辦了結婚登記，但繪里子與孩子們並無收養關係。孩子們都喊她「豐中的阿姨」。上面兩個是男孩，老么是女孩。小女孩只有頭髮剪成妹妹頭，身上跟男孩一樣穿著短褲。

繪里子難得看到小孩，很喜歡和小孩講話或陪小孩玩耍，但秀夫有一次把兩個男孩帶來豐中的家。

天王寺的家很破舊，由於是老房子，隔間多、很寬敞，但也陰暗。從那種地方來的孩子，似乎對雖然狹小卻明亮充滿現代感的公寓覺得新奇。他們到處打開看，把東西翻得滿地都是，最後秀夫帶他們去洗澡。輪流和父親進浴缸的兒子們樂翻天，發出幾近尖叫的歡呼。男孩們似乎渴求父親這個角色。要回天王寺時，老二哭喪著臉。

「不如讓他們留下來睡吧？」

繪里子說。

兩個男孩霎時臉孔發亮。

「不行。」

秀夫二話不說就否決。

「快回去吧，知道該怎麼搭電車吧？小心別把錢弄丟了。」

他說。

「不如你帶他們回去吧？」

繪里子忍不住這麼說，但秀夫說：

「他們是男孩子，可以自己回去。對吧？」

孩子們死心了，穿上帆布鞋，紛紛說聲「再見」，也不知是對父親還是對繪里子道別，就這麼走了。

之前去洗澡，孩子們發出幾近瘋狂的尖叫歡呼聲快活嬉鬧時，繪里子覺得牙根彷彿有鐵鏽味，嘗到嫉妒的滋味，可是當孩子們乖乖離開了，她又於心不忍。

她陷入一種從孩子們身邊硬生生搶走父親的錯覺。

但這種時候，秀夫的心情很好。

「小孩就是該那樣放養才好。」

他如是說，似乎想守護與繪里子的兩人世界。

過了一年左右，某個星期天早上，突如其來地：

「我要去天王寺。」

秀夫說。

「今天那邊有木匠要去……」

「噢。是哪裡要做木工？」

天王寺是老房子，有什麼毛病好像都是秀夫巧手加以修理。但是現在既然請了木匠，應該是更大規模的工程吧。

「偏屋必須整修。」

「要改建房子？」

「嗯。」

秀夫很不高興。

「她回來了。」

「誰？」

「除了那傢伙還有誰！」

秀夫語氣極為不悅，發起脾氣。

你拿我出氣有什麼用！繪里子目瞪口呆。

「該不會是京子吧？」

「就是那個『該不會』。」

京子的第二段婚姻破裂，無處可去只好投靠天王寺。天王寺的養母年紀大了，漸漸沒那個精力照顧小孩，所以好像也很歡迎她。

連著兩段婚姻都失敗的京子，運氣也太差了，感覺上京子好像是個人生軸心不定，走一步算一步的女人。

起先，她問「你為何與老婆離婚」時，秀夫沒好氣地回答：

「她呀，就像頭倔牛。死腦筋又頑固，一旦說要做什麼，任何人都改變不了她的決定。她會嘮嘮叨叨糾纏著不放。可是某些地方偏又大而化之，只知吃喝玩樂舉止輕浮。」

繪里子沒見過京子，但她曾聽過女性親戚講京子的閒話。

據說，京子是個邋遢懶散的女人。洗好的衣服拿去晾曬時不用夾子固定。濕的時候掛在竹竿或繩子上，等衣服一乾就全都飛走了。往往要到深夜、甚至隔天早上才會想起衣服還沒收。髒衣服全都堆著，等到沒有乾淨衣服可穿時才急忙跑去買新的。電話費、電費也不按時繳交，一打開冰箱，總會發現有東西腐敗……

婚後，京子從來不曾在夫婦的話題出現，但秀夫對京子的「倔牛」這句批評，在繪里子的心中化為朦朧形象沉澱下來。

得知京子在天王寺，倔牛的形象頓時變得強烈鮮明。

「是什麼時候的事？」

「半年前。」

「噢。……我都不知道。」

說完，繪里子莫名地怒火中燒。如果半年前就回天王寺了，那麼這中間秀夫至少去過天王寺三、四次。

這段期間，他與京子和孩子們，想必還加上養母一起見面。

「京子半年前就已經回來了嗎？那你應該早點告訴我。」

「又不是什麼好事，我覺得不值一提。」

的確不是愉快的好事，但繪里子一直以為，在自己不知道的地方，秀夫品味另一種人生滋味時，只是和孩子們在一起。

沒想到竟然還有前妻加入，這已超乎繪里子的想像。

繪里子見過多次秀夫與孩子在一起的樣子，那已烙印在她的人生中。

男孩們與父親一起洗澡歡喜尖叫的模樣，小女兒乖乖坐在秀夫盤起的雙腿之間，倚靠秀夫讓秀夫抱著的模樣，繪里子都牢牢記得那種氛圍，因此當秀夫去天王寺時，她總是立刻浮現那種情景，覺得肯定是那樣。

但是加入了前妻京子後，會是什麼情景，實在難以想像。

而且還瞞著自己半年之久，這讓繪里子大受衝擊。

「你為什麼瞞著我？京子離婚搬回來了，只要這樣跟我說一聲不就行了！」

「那種事，說了也沒用吧。」

「天王寺的養母也壓根沒對我提起。」

「這種事怎麼好告訴你。跟你又沒關係。」

被這麼一說的確是，但從此之後，每當秀夫說「要去天王寺」，她再也無法不當一回事地說「快去吧。在那邊吃過飯再回來」這種話了。但這種疙瘩過了幾年之後，自然會漸漸淡去。自己與秀夫這邊共度的人生歲月也日積月累在天秤上，變得更有分量，屆時那邊的分量或許也就變輕了。——繪里子開始這麼想。

會意識到天王寺那邊，是在每月給錢時。後來養母住院，大兒子上大學，要花錢的地方很多。

京子沒有出去工作，好像一直待在家裡打理家事。

繪里子有時也會想，「憑什麼老娘得辛辛苦苦出去工作養活那一家老小？」但是想到就當是用那筆錢買來與秀夫共度的生活，又會覺得「也不算是太昂貴的交易」。

孩子們有親生母親在身邊或許心情也比較穩定，抑或是因為已到了不再黏著父母的年紀，並沒有圍著秀夫打轉，也不再來豐中這邊。

時代漸漸變得繁華，秀夫與繪里子不時也會出門做個小旅行。他們搬到了有點不便的郊外，西宮山上的公寓。公寓歸在繪里子的名下。

秀夫好像還惦記著「天王寺的家」。天王寺那邊的房子，是在秀夫的名下。

每次屋頂漏雨或是遮雨板壞了，秀夫就會出修理費，就結果而言，秀夫等於有兩個家。

即便如此，與秀夫的生活，對繪里子而言堪稱「很快樂」。秀夫雖然塊頭大，卻很勤快，打掃浴室、擦玻璃窗這類工作一概爽快地包辦。

和繪里子出去喝酒，吃到什麼罕見的下酒菜時，回家立刻有樣學樣試做的也是秀夫。

「昨晚我想了一整晚那到底是怎麼弄的。今早終於想出來了。是用花生醬拌的。」

他會這麼說。是因為高頭大馬，食量也大，嗜吃美食，最愛的就是繪里子做的家常菜。不過，繪里子並不擅長廚藝，想必是因為一起生活久了，嗜好與味覺都已經被同化了吧。

「能夠和繪里子結婚真是太好了！終於發現人生果然有意思。」秀夫開始這麼說。

繪里子因工作關係每個月總有幾天必須晚歸。日本酒宣傳雜誌已有穩定銷路，雖是隔月發行一次，規模卻變得很大。繪里子除了那份雜誌的工作，也經常要主持迷你座談會，或是受託做採訪、攝影，大家都覺得找她做事方便，因此她的工作源源不絕。雖然沒有野心，但繪里子私下認為好歹得磨練才能，把自己現在的位置坐穩。

況且，雖然不算是編輯，但做這一行，久而久之也發現人面廣，或者說人脈關係，是一種財富。

能夠被許多人認識這點，也必須心懷感激。繪里子身材矮小瘦削，膚色白皙，笑起來的時候右臉會出現小酒窩，整齊的小白牙發亮。率性的短髮，毛衣搭配牛仔褲的裝扮，看起來永遠像是剛踏出校門。在商工會議所的建築內，企業界的大人物還說：

「和你打交道也有不少年了，但永遠看不出你的年紀。聽說打從我們前任會長還在世時，就已經認識你了。」

「是啊，總算三十歲了。」

繪里子笑言，其實今年已有四十二。

即便是在大阪街角四處撿些別人手指縫漏下的零碎工作過活，繪里子也覺得充實愉快。

年復一年，眼看著御堂筋的銀杏樹葉變黃，轉綠，又再度變黃凋落。企業界的大人物走馬換將，每次她都順利地請對方幫忙說好話，讓她去採訪新任社長，笑瞇瞇地說著：

「在您百忙之中打擾實在不好意思。聽說您喜愛日本酒——好像和××機工的○○社長還是酒友。」

以前她很害怕這種差事。好不容易見到商工會議所的會長，對方冷然看著她只問了一句「你想問些什麼」，她就已嚇得掉眼淚了。

繪里子被大家稱為「看不出年紀的女人」，但比起那個，旁人似乎更看不出她是有夫之婦。除了工作相關者以外也無人知曉她已婚，但繪里子認為就是因為有秀夫，她工作起來才有樂趣。繪里子晚歸的時候，秀夫會弄些簡單的料理等她回來。

「你應該自己先吃的。」

「不要，那樣多寂寞。和你一起吃才有意思。——一個人吃的話，只會食不知味。——肯定味如嚼蠟。」

聽到這種話，即使兩個家的開銷龐大也無所謂，即使花錢如流水，繪里子還是覺得與秀夫的生活「不算是昂貴的交易」。

但繪里子這種想法當然不會告訴秀夫。她只是露出小酒窩、小白牙發亮地笑著。

嬌小的繪里子，手腳也很小。站在鶴立雞群高人一等的秀夫身旁，顯得更加嬌小。秀夫似乎覺得宛如精緻洋娃娃的繪里子非常可愛。

繪里子老早就決定不生小孩。剛結婚時，還有點猶豫，但她覺得生活基礎已經定形，沒有小孩加入的餘地。還是自己受寵愛比較好。——或許就是因為這麼想，秀夫的孩子們來家裡玩，開心得尖叫時，她才會感到嫉妒。

但那也隨著孩子的成長逐漸平靜下來，繪里子與秀夫悄悄過著快樂生活。

結果這次，生活愈快樂她反而感到愈不安。自己也不知是什麼緣故。

秀夫去上班後，繪里子也收拾妥當走出家門。這一帶靠近山地，氣溫比平地低，到了冬天有時連窗簾都會被凍結在窗戶上。──繪里子在新鮮的冷空氣中騎腳踏車去車站。從車站搭乘通往都心的電車途中，她漸漸明白了那種不安，或者說不滿從何而來。

秀夫或許沒那個意思，但就形式上看來，繪里子漸漸覺得天王寺那邊才是元配正室，這邊倒像是外宅。

在法律上繪里子的確是妻子沒錯，也有十年婚姻生活的實績，但在秀夫的意識中人生不知是怎麼分配的，天王寺那邊有小孩，有前妻，也有老母親（雖然是養母），而且還有歸在秀夫名下的房子與土地。

對繪里子而言，甚至是那個「在學校惹出問題」令家人頭痛的兒子，似乎都讓家庭的存在感顯得更深厚。那孩子小時候偶爾與父親在一起便那麼高興，還激動得尖聲歡呼，這次闖出這種大禍似乎也是故意要讓父親擔心。

秀夫從未在天王寺那邊過夜。

不只是京子搬回來之後，打從之前便一直如此，繪里子不知怎地突然覺得與自己在這邊生活時的他——

（說不定把這邊當成第二個家。）

秀夫的塊頭大，繪里子整個人都可以縮在他的懷抱中（就像昔日他的小女兒坐在他盤起的雙腿之間）。冬季的寒夜，即便身上不著寸縷，秀夫的身體也像毛毯足以包覆繪里子。他的身軀彷彿無邊無際的巨大毛毯，體溫很高、雖然不笨重卻蘊藏力量，那好似虛擬溫暖毛毯的身體，會在瞬間突然如好色的飛鼠滑翔天空攫住繪里子。繪里子從來不曾厭倦，一直很喜歡那種瞬間，但她隱約感到，秀夫的熱情與不同面貌，正因為不屬於日常的層次才會有。

繪里子認為與秀夫共度的時光全然充實，也一直驕傲地覺得自己很幸福，但在內心深處，還是不得不感到這樁婚姻有點不現實。

就連不高興的時候都像巴吉度獵犬一樣翻起三白眼賣萌的秀夫，繪里子是真心喜歡。當然她多少也懷疑，結婚十年還如此喜歡丈夫究竟是怎麼回事。

那一方面固然是因為秀夫就是這麼穩重、志趣相投的男人，但讓他這麼做的，或許是因為天王寺「那邊」的家，承接了日常的種種。

實際上，他與繪里子的生活中，完全沒有讓他不高興的要素。他總是興沖沖趕回這個公寓。

而去天王寺時總是很不高興。

彷彿是礙於世間的人情義理身不由己，秀夫總是去得不甘不願。……本家是義務。

繪里子那天一邊工作，一整天都在思索第二個家這個念頭。

傍晚，她比平日提早結束工作，但是反正秀夫不在家，因此她倒也不急著回去。

這時電話響了，是秀夫。

「我今天會晚歸。」

秀夫說，遲疑片刻後：

「小武一早就不見了，今天也沒去上學。他明知道今晚我要來。」

「不知道他去哪了嗎？」

「不知道。我在想，該不會離家出走吧。」

「離家出走？那怎麼可能……」

「不，那可難講。那小子本來就笨。」

秀夫似乎情緒很激動。

「今晚我要在這裡等到小武回來再說。」

繪里子不知該如何接話。

不管小武是離家出走還是人間蒸發，老實說繪里子壓根不關心，所以也沒那個心情安慰丈夫。

「我知道了。」

她只說了這句。

本來想找公司的年輕攝影師一起去吃飯，但那人從外面打電話回來，說他直接下班不回公司了。

大樓位於淀屋橋南端，非常老舊，但窗口看出去的景色絕佳。北區高樓大廈的燈光在夜晚空氣的磨礪下放射強光，天空是澄澈的紫藍色。

這樣的冬夜，從淀屋橋經大江橋，在河風吹拂下朝北區信步走去也不錯。秀夫的公司在本町，有時也會特地來這棟大樓約她。

「走走吧？」

「嗯。」

最後兩人會這麼一路走到梅田。不只是新婚的時候，至今也會這麼做。然後，因為北區的新地物價昂貴，他們會在曾根崎附近吃了飯才回家。這種寒夜，照理說，總該吃完價廉物美的河豚火鍋才回家……。

正要離開辦公室，電話又響了，還是秀夫。

「你還沒走？」

「正要下班了。」

「這樣啊，小武回來了。」

「……」

「現在，學校老師也在這裡。小武堅持不肯道歉。」

「……」

「他們學年主任也來了。唉真是的……不過，幸好回來了。我本來擔心得要命。」

「……再見。」

「你待會要去哪裡？」

繪里子其實毫無想法，但當下——

「那家河豚店。」

她脫口而出。

「那裡應該一個人也能吃吧？」

「河豚？」

秀夫似乎覺得唐突。

「你倒是會享福，我這邊接下來還有得鬧呢。」

「解決之後要過來吃嗎？不能交給老師處理你先走？」

「那怎麼行！」

秀夫的語調煩躁。

「那就這樣。」

電話掛斷了。

秀夫說「你倒是會享福」的惱火語調，讓繪里子有點不愉快。

（那種事，跟我有什麼關係——）

現實生活中並沒有這種十幾歲的小毛頭在身邊打轉的繪里子，不大理解那種氛圍。無論是高中生堅持「不向老師道歉」的賭氣，或是好幾個老師聯袂趕來的這種煞有介事的行動，她都毫無概念。

反映這種非常事態、整個人心浮氣躁的秀夫，也只讓繪里子產生反感。

她搭乘地下鐵去河豚餐廳。

她對店家說晚點還有一個人會來，在角落的位子摘下手套與帽子。脫了鞋坐上榻榻米，被屏風遮擋後，酒窩消失，終於露出四十二歲女人如釋重負的臉孔。

宛如櫻花花瓣的河豚生魚片，是裝在青瓷大盤端出。秀夫與繪里子每每先用眼睛欣賞美景，彷彿捨不得破壞的模樣。

「先開動了。」

說著兩人莞爾一笑才進食。秀夫酒量不好，只能喝一杯魚鰭酒，繪里子可以喝兩杯……

她想秀夫說不定會趕來，於是叫了兩人份河豚生魚片，菜也一如往常送來了。

魚鰭酒令全身血液循環加速，心情幡然一變，獲得解放。她看著通訊簿，打電話到天王寺。十年來，她一次也沒有主動打過電話……。

「喂？」

是個中年女人的聲音。

「請問，秀夫在嗎？」

「啊？孩子的爸嗎？現在正和兒子嘔氣，扭打成一團，大兒子好不容易阻止，簷廊的玻璃門都撞破了……現在恐怕抽不出空接電話。」

肯定是前妻京子。

而且，對方似乎也知道打電話去的是繪里子。迅速說：

「不好意思喔，晚點我再讓他打給你。」

就此掛斷電話。而且同樣情緒激昂。

京子似乎是個多嘴的女人——這是第一印象。不僅不是倔牛，舌頭好像相當靈活。

她描述的情景固然驚人，但那是繪里子無法想像的世界，因此繪里子有點畏縮。

從那樣的世界看來，相依相偎走過薄暮寒橋，望著河豚生魚片的美麗盤飾為之陶醉的人生，或許就算被批評「真會享福」也怪不得人。

繪里子像三明治似地被夾在秀夫的「真會享福」和京子匆匆撂下的「現在恐怕抽不出空接電話」之間，感到很不痛快。

那再次讓她感到自己就像外宅的情婦打電話給本家的元配正室。

她覺得，那邊鬧成一團的樣子，或許才是人真正應有的生活？

繪里子的甜美生活，或許只是秀夫表層的人生？繪里子異於往常地陷入沮喪。

該說是女人的欲望，還是女人的嫉妒？繪里子連那些都包括在內只想全然擁有秀夫。

驀然間，她察覺秀夫之前的聲音並未帶有不悅的味道。在那個世界大概無法秉持不悅這種悠哉的心情。這麼一想，繪里子有點同情秀夫。

不過，繪里子並不想與秀夫一起背負那種鬧劇。因為新婚時，就已決定選擇「無法照顧小孩」這種第二個家的甜美。

秀夫只顧著「想過快樂生活」，結果不得不在天王寺與繪里子之間劈腿。

繪里子很想跟剛才接電話的京子一樣氣喘吁吁接電話。她想與秀夫共享甜美時光，但她也想對別的女人叫喊「他現在抽不出空接電話」，與秀夫共享痛苦。

到底哪一種才好，繪里子已經分不清。

京子的口吻中，帶有羨慕繪里子「你可真悠哉」的味道，反之，或許京子也正與秀夫共享家中雞飛狗跳的同志情誼。

繪里子心慌意亂，不知如何是好。行李已經打包好，卻不知該啟程去哪旅行。——但剛才的京子，說不定，其實也是這樣。而且她覺得那個包袱被對方分去了一半。

火鍋沸騰了。繪里子舉筷。

遭到俘虜

便當已經裝好了，稔卻不肯走。
「已經十一點了喔。」
梨枝試著提醒他。
「我知道啦！」
稔惡聲惡氣。雖然打開電視，但他似乎只是眼睛盯著螢幕，腦子裡在想別的事情。
（他在猶豫……都已經到這個節骨眼了。）
梨枝感到好笑。
早就知道稔優柔寡斷、瞻前顧後的個性，因此輕易便可看出他的徘徊不前。
他對這樣的自己也很氣惱，進而對一切都感到鬱悶，甚至不講理地遷怒梨枝。這些梨枝自然也看得出來。
但稔沒道理對梨枝發脾氣。
因為把事情搞到這種地步的正是稔自己。

「保溫瓶裝了熱開水……」

梨枝以平靜的聲調說。

明明沒有刻意故作平靜之意，卻自然而然發出平靜的聲音。

「記得倒進杯子喔，這樣就可以喝味噌湯。湯裡的配料和味噌，都已經先裝在杯子裡了，所以你只要倒入熱開水就行了。」

「……」

「還得趕在天黑之前抵達，所以你該出發了吧？……」

梨枝坐在廚房的桌前緩緩啜飲咖啡。

身材高挑的梨枝手也很大。彷彿被那骨節粗大的雙手完全包覆的咖啡杯，看起來格外迷你。

梨枝與稔，都很喜歡理查．基諾里瓷器（Richard Ginori）的義大利水果圖案設計，紫色果實與藍花的咖啡杯和碟子一套要價一萬三千圓，抱著滿心期待，花了好長的時間一組一組慢慢蒐集，好不容易蒐集到四組，卻必須和稔離婚了。

「不要想太多，否則出車禍就糟了。」

梨枝說著笑了一下。

「新郎倌受傷未免不吉利。」

「你就儘管諷刺我吧。」

稔說著走過來，在椅子坐下。

「你泡了咖啡啊。我也要。」

「咦，你好像沒這個資格吩咐我替你泡咖啡吧。畢竟我們已經是不相干的外人了。」

「傷腦筋。那就請為我這不相干的外人，倒一杯咖啡。」

「這是最後的咖啡喔。」

「你別鬧彆扭。」

「不想看我鬧彆扭的話，何不趕緊出門？」

「嗯——。欸……感覺怪怪的，要說我再也不回這裡了，或者說和你從此一別成為路人，我總覺得還很茫然，完全沒有現實感。我真的要離婚了嗎？

就是類似這樣的感覺。」

「事到如今，你怎麼還說這種話。」

「好像在作夢。」

「像作夢一樣開心？」

「不是……與其說開心或傷心，那種心境更複雜。我只是感嘆，我居然有勇氣和你離婚。」

「實際上你明明就有啊。」

「被你這麼說我很難過。」

稔比梨枝小三歲。

這人營養充足身材魁梧，已經略顯發福腆出啤酒肚的身軀上方，卻有張眼角下垂的娃娃臉。以三十二歲的年紀來說，表情天真無邪，性子也很溫柔。因此算是頗受女孩子歡迎的男人，但在梨枝看來，那是有點捉摸不定的溫柔。

梨枝早已看穿，稔的那種溫柔，是小孩子特有的純真殘酷與滿口謊言的溫柔。

（成年男人，真是一種NG商品。）

以前雖然這麼想，好歹還覺得那種孩子氣的自私、天真的溫柔很可愛，但是一旦惹出紕漏，只能說他果然是瑕疵品。

（被人灌點迷湯就會輕易上鉤，也很容易猶豫不決。）

梨枝想。

稔說「被這麼講很難過」，但他是否真的刻骨銘心覺得與梨枝離婚很難過，還是個疑問。

梨枝把現磨現煮的咖啡注滿理查・基諾里咖啡杯。稔目不轉睛看著，心神似乎已被咖啡杯吸引。

「這是你的杯子？」

「對呀。」

「我的已經裝進行李了？」

「裝進去啦，兩組。」

梨枝說。他們說好了咖啡杯組一人兩組，但那些留有他與梨枝昔日慢慢積攢點滴回憶的咖啡杯，今後他要拿來和那個女人一起使用？

稔素來大而化之少根筋，搞不好真的會坦然自若地使用。

「英國椅子也要帶走吧？」

那是兩人從西洋骨董店買來的老舊木椅。

「還有，掛在牆上的六角時鐘，被你拿走了吧？」

「呃，那個啊，真是的，不是你自己說我想要的東西都可以拿走嗎？」

「你要帶走倒是無所謂，不過那些全都是我倆一起去買的東西，把那種東西特地帶走……」

「如果你不高興那就還給你，我只是覺得時鐘和椅子都已經看習慣了，用起來比較順手。」

時間最久最習慣的，不止是和你結婚八年的我嗎？梨枝暗自覺得可笑。

「對了，」

稔說著放下杯子：

「相簿的照片，我可以拿走嗎？」

「你要幹嘛？」

「還能幹嘛。既然要分開，照片當然也要分開各拿各的比較好吧？」

「你倒是把帳算得清清楚楚。請便。」

稔翻開架子上的相簿，開始仔細撕下他一個人的獨照。

與梨枝合照的照片他沒碰。

唯有自己一人的歷史，似乎打算今後也小心維繫下去。

「整本拿走不就得了。」

梨枝格外溫柔地說。

「然後把你要的照片留下，剩下的隨便你要撕掉還是燒掉都可以。」

「你也犯不著這樣跟我賭氣吧。」

「賭氣？」

梨枝失笑。她幾乎已經對任何事物都不再執著了。所以在這最後的時刻才能笑得出來。

「我和平常沒兩樣。」

「欸，便當裝的是什麼菜色？」

稔突然合起相簿問。

「不如留作打開時的驚喜？倒是你，還是趕緊出發吧，去岡山還要三個小時吧？如果塞車會很累喔。」

「又不是非得在幾點之前趕到。況且我一個人中途在休息站停車吃便當未免也太那個——」

「你這人真奇怪。不是你自己說要開車去岡山，叫我替你準備便當的嗎？」

「是沒錯啦——但你也替我想想看一個人吃便當有多淒涼。」

「到了那邊不是就有比呂子小姐等你嗎？比呂子小姐的父母兄弟全體到齊，就等著你過去，大家都翹首以待恨不得早點替你們舉行婚禮呢——她已經懷孕四個月了吧？」

「五個月。」

稔出言訂正，不該老實的地方偏偏老實。

「哎呀呀，那肚子也差不多很明顯了，還是趕緊舉行婚禮比較好喔。你那邊的親戚無法到場觀禮？」

「我想我姊應該會來。」

「啊，已經談到那種程度啦。」

「不是，時間倉促所以手忙腳亂的。真的。」

「沒事。我壓根沒別的意思所以無所謂。」

梨枝習慣性地朝他稍微歪頭。

顴骨高臉蛋長的梨枝，往往給人一種落寞、嚴肅之感，不過如果換個角度看其實很美，這點她自己也知道。就是個性有點大膽，自負心比旁人以為的還要強。

「那就好，不過那個便當，我看咱倆還是就在這裡吃掉吧。」

「可是……」

「沒事沒事。」

稔拆開便當包裹，梨枝只好去燒水泡茶。離婚手續已經辦妥，稔預定要搬去的京都公寓的裝修工程卻拖拖拉拉，還得打包他的行李，結果兩人一直還住在一起。

今日一別，從此將是天涯陌路。

「也好，這是最後一次了，就聽你的吧？」

「你不要一直強調最後、最後。」

既然說好一起吃飯，稔似乎頓時心情放鬆。

「唉，其實明天再去岡山也沒關係。我在這裡再睡一晚。」

他如此提議。

「啊，那可不行。別人不知會怎麼想——要過夜的話，去你京都的公寓睡，否則人家會說閒話。」

「只要我們不說，有誰會知道。」

「可我不願意。」

梨枝重新煮味噌湯。

打開便當的稔心滿意足地摩擦雙掌。

「有肉丸子啊……」

他咕噥。

紅燒肉丸子，醋漬蓮藕，煎蛋捲（煎蛋捲是稔最愛吃的，一定得有這道菜），白飯上面還撒了黑芝麻，配上稔愛吃的紫蘇醃泡菜。梨枝替自己也準備了同樣的飯菜。兩份並排擺出來，稔滿足地嘆了一口氣，抱起漆器便當盒，迫不及待開始動筷。

他的食欲絲毫未減。

稔是個食量很大的男人。酒量不好，卻熱愛吃飯，而且特別喜歡梨枝親手做的飯菜。

梨枝在女裝製造販賣公司上班已有十年。

調到營業部門後工作忙碌，有時也得去外縣市的零售店和批發店出差，四處參加業界的時裝發表會啦，去百貨公司巡店啦，或是與設計師討論，一週的時間眨眼飛逝而過。

一週有一天會因工作聚餐。但她回家後還是會替稔煮飯。

梨枝並非特別擅長廚藝，但她憑直覺察知稔的喜好與身體狀況，絞盡腦汁烹調各種菜色。所以才會特別合乎稔的胃口吧。

「在外面吃不下，還是家裡的飯菜最香。」

他總是如此表示。

稔吃著便當說：

「真好吃。……這麼好吃的飯菜，以後再也吃不到該怎麼辦。……如果我想再來，還可以來這裡嗎？」

「受不了耶。你到底在想什麼？我們已經不相干了吧。況且我也要搬走了。」

「你要搬走？這種事你怎麼都沒告訴我？」

稔下垂的眼睛瞪得老大，十分狼狽。

「為什麼？你為什麼非得這樣故意為難我？」

「為難人的是你吧？突然說出那種消息嚇我一跳。」

「那個，對不起。」

稔這下子沒話說了。

梨枝無意一再翻舊帳責備他，但是作夢也沒想到，居然會在結婚八年之後，聽到他對自己宣告「那個，有件事我一直瞞著你，其實我和工作地點的客戶女員工發生了曖昧關係」。

「那個女孩說，如果我不跟她結婚她就要去死。」

稔苦著臉說，抓抓腦袋。

「去死？幹嘛這麼輕易要去尋死？為什麼？」

那天，梨枝本來想和稔抱怨工作上的糾紛，結果精疲力盡回到家就聽到丈夫如此宣布，當下吃了一驚。

「她有孩子了。」

梨枝深吸一口氣。

稔不敢正眼看她：

「對不起。唉，我一直在考慮是今天說還是明天說，結果就拖到現在。」

「……」

「那個，你說該怎麼辦才好？」

梨枝似乎在無意識中朝稔射去譴責的目光。

「對不起。」

稔說。

但稔是眼角下垂的娃娃臉，所以看起來倒像是半帶笑容。雖然他像是早有挨罵的心理準備垂著腦袋，但梨枝衝擊過大到甚至說不出話。

想脫手套卻纏成一團脫不下來，是因為手在發抖。

稔說的話就像一盆墨汁朝梨枝當頭潑下。稔不是會說謊的男人，但是隱瞞，比說謊更糟。

「她有孩子了。」

那墨汁的汙點，恐怕一輩子都洗不掉。因為事情來得太突然，更強化了這種感覺。

墨汁的飛沫四濺，令身心都沾滿抹也抹不去的汙點。

結婚八年來，梨枝一直沒懷孕。並不是不孕症，醫生也說還是有懷孕的機會，但不知怎地就是生不出來。後來因為與稔的雙薪家庭生活太充實，也太愉快，她說：

「沒有小孩也沒關係吧？」

「嗯。反正我也沒有特別想要。」

稔也這麼說，於是梨枝的人生早已拔除了孩子這個要素。現在突然冒出「孩子」的話題，梨枝的第一個念頭是「啊，那是早已走過的路。已經結束的比賽怎麼又要開始？」這種混亂。

「你打算怎麼辦？」

「我也不知道該如何是好。我姊說……」

「怎麼，連你大姊也知道了？」

「我告訴她了。她叫我們兩人好好商量，不，不是跟你，是對方跟我。」

父母都已過世的稔，把姊姊夫婦當成家長。

但梨枝不喜歡這個大姑。

基本上，打從結婚當初，就因自己是「比稔年紀大三歲的老女人」遭到強烈反對。

稔與梨枝任職同一家公司，因此婚後梨枝離職另覓工作，但稔的姊姊對稔說：

「那個女人就是因為一直工作，才會生不出小孩。」

曾經聲稱並不想要孩子的稔，態度逐漸有所改變。

「我現在想要孩子了——雖然對不起你，但我也想像一般人那樣當爸爸。」

稔說。梨枝從那微妙的口吻中，察覺到大姑的慫恿。肯定是大姑對稔灌輸了什麼。

「那個女孩，多大年紀……」

梨枝的聲音有點啞。

「二十三。」

「叫什麼名字？」

「大原比呂子。」

「你喜歡她？」
「算是喜歡嗎……總之，是個有趣的女孩。」
梨枝仍保持從公司回來的裝扮，就這麼一屁股癱坐在椅子上，啞口無言。連玩笑話都說不出。
如果是精神抖擻的時候，或許還能夠承受，可偏偏不巧碰上她本來就已夠沮喪了，自我憐憫的淚水頓時像嘔吐感緩緩湧現。
那種難受一下子縮回去，是因為稔冷不防說了一句：
「吃飯。」
梨枝懷疑自己的耳朵。
「啥？」
「我要吃飯。快點給我吃飯，我肚子都餓了。」
「誰管你餓不餓啊，你自己弄！」
「有什麼吃的？今晚吃什麼？」
不管天上打雷或掉下槍林箭雨或外遇東窗事發，反正不管怎樣，稔似乎毫不懷疑梨枝會照常替他準備飯菜。那是純粹只忠於自己的欲望、大放異彩的自我本位主義。

他之所以向梨枝坦白也不是出於良心不安或為了道歉，似乎只是承受不了秘密的重擔才立刻和盤托出，純粹出於那種沒出息的個性。

梨枝怨恨的淚水，以及自我憐憫的淚水都已乾涸。她毫無食欲。目瞪口呆。

她鑽進被窩試圖整理混亂的思緒卻是徒勞。

二十三歲的年輕女人，揚言「不跟我結婚就死給你看」，稔說「那是個有趣的女孩」，思緒在原地不停兜圈子，不知該如何整理。稔之前似乎也招惹過不少女孩，聽到那種韻事，梨枝還當作餐桌上的笑話聽得津津有味，作夢也沒想到會發展到這種地步。

驀然回神，脖子和手指都很痛，原來自己還戴著大顆首飾就睡著了。梨枝的個子高，因此身上的配件全都像馬眼那麼大顆，她甚至忘記摘下那些配飾。

稔探頭朝房間窺視。

「欸……」

他終於有點畏縮。

「那個……鹽味泡麵放在哪裡？」

「少煩我！」

梨枝在那一刻真的很恨稔。她從床上跳起，抄起枕邊的小說雜誌就扔向稔。

她扔得突然，稔猝不及防沒閃開，被砸中胸膛。

「你也犯不著這麼生氣吧……」

他弱弱地說。

梨枝很少發脾氣，甚至可以說這是婚後第一次，因此稔的下垂眼變成三白眼，小心翼翼地抬眼看著她。梨枝向來是個態度親切溫和的女人，從來不曾大發雷霆或者譏嘲旁人，稔似乎非常震驚。

「哎喲好恐怖，好恐怖。」

他嚷著，但眼見梨枝還是不肯露出好臉色，稔反過來擠出三角眼惱羞成怒：

「搞什麼啊，也不曉得買點泡麵在家裡放著。」

他只要肚子一餓就會氣呼呼。

梨枝之前本來還一肚子火氣翻攪不已，聽到他這麼說，頓時好像解開束縛，整個人洩了氣。

稔本來就有這種少根筋的怪毛病，梨枝一直覺得他那樣很可愛，還拿他打趣，但此刻只覺心力交瘁，無力地說：

「泡麵就放在櫃子第二層。」

「那時候，你為什麼沒哭？」

事後稔問她。

「如果你哭了，我或許還覺得你是可愛的女人……」

「然後你就會打消離開的念頭？」

「那倒不一定。」

稔很誠實。

「那我就算哭了也沒用吧？」

梨枝說著笑了。

梨枝雖然生氣，卻無法哭哭啼啼哀求他別走，或是苦勸他回心轉意。那必須對方聽得進去才有用，可是對於少根筋的稔完全無效。

說到這點，那個叫做大原比呂子的女孩或許該說與稔是天作之合。

女孩的肚子已經大了，因此據說目前已離開原公司，在京都京阪三條附近的精品店上班。

梨枝提出想見她一面，稔立刻與對方聯絡，約在歌舞伎劇院對面的咖啡店碰面。

這天很冷，似乎零星飄雪，但那個女孩活力十足地走入店內。是個眼睛渾圓，嘴唇也圓嘟嘟噘起，有點大剌剌的女孩。

脫下看似假皮的大衣後，米色厚質棉布寬鬆上衣配的是同色長褲，鬆鬆地繫著褐色絲絨皮帶，或許是那身服裝的關係，肚子看起來並不醒目。

「我就是大原比呂子。你是稔的太太吧？稔給我看過照片。」

女孩劈頭就說。

一開口說話，嘴巴就顯得稚氣，看起來像小女孩。梨枝本來還在思考見到她之後該說什麼，然而想到那些話一點也不適合這個女孩，立刻拋諸腦後，倒是基於職業病，忍不住脫口問出更在意的問題：

「你的衣服很好看，是哪家牌子的？」

「這是大阪美國村的『Chikutaku』。打折的時候買的。不過最近京都也有這間店了。就在這後面巷子。待會我帶你去吧？店裡有好貨色喔。」

「噢，最近『Chikutaku』的品味似乎提升不少，有點轉型了。」

「對。有點類似『Monami』，不過比『Monami』時髦。」

「你是京都人？」

「不是，岡山人。但我在京都上學，後來就一直住在京都。」

女孩好像還想繼續聊時尚穿著的話題，搞不清楚是為了什麼來見梨枝。

可是，偏又笑吟吟地摸著肚子說：

「在精品店上班，每天觀賞、觸摸漂亮的東西為之感動，我想應該對胎教不錯。」

「胎教？」

「對，據說胎兒已經可以透過肚子聽見外界的聲音。如果吵架大吼，或是破口大罵，講難聽話造口業，恐怕就會生出一個性格扭曲的寶寶。」

被她這麼一說，梨枝自然不好意思跟她吵架或講難聽話了。

「令尊令堂怎麼說？」

梨枝頂多只能這樣回擊。

「起先嚇了一跳，但我說我一定要把孩子生下來。再過一陣子，我打算回家鄉待產。我媽說已經替我在醫院掛號了。」

女孩的語調一如之前談論著精品店「Chikutaku」。然後，她點了「鮮奶油聖代和果汁」，這種下雪的寒冷天氣還吃這麼冷的東西，梨枝不由得暗想，年輕人「真是厲害」。

女孩一邊舔湯匙一邊說：

「你最好也趕快生小孩，不然高齡產婦很危險喔。醫生說，像我現在這個年紀生孩子最好。」

她說這番話似乎不是奚落也不是諷刺，而是打從心底感到喜悅。對這女孩而言，比起社會常識與道德云云，生一個健康寶寶恐怕就跟穿「Chikutaku」的衣服一樣時尚酷炫吧？梨枝再次感到洩氣，正經八百地把對方當成對手簡直可笑。

「那真是太好了。請生個健康的寶寶。」

梨枝不得不說出這種言不由衷的話。基於胎教，也不能讓胎兒聽到難聽話，走出店外已颳起風雪，祇園也一片白濛濛。走在路上沾了一身雪花，鼻頭凍得通紅，真不知為何會落得這種下場，隨著腳尖受寒，好像可以感覺到膀胱在哪個位置。

梨枝有膀胱炎的宿疾，只要受寒就會不時復發。

她披著滿身雪花，摀著陣陣刺痛的下腹，如今，已經不只是知道膀胱在哪個位置的程度，好像變成真正的膀胱炎了，梨枝感到很窩囊。

她蹲在簷下，正考慮是否要衝進眼前的咖啡店。

「哎呀，你還好嗎？」

是剛才那個大剌剌的大原比呂子喊她。

「我工作的精品店就在前面。店裡有沙發，你先去休息一下暖暖腳再走吧？穿著那種高跟鞋，腳會凍壞喔。難怪生不出小孩。」

大原比呂子大剌剌說，但正因為知道她別無他意，反而讓梨枝更煩躁。不過，在沙發躺下休息後，親切的女店主還把電暖爐移到她腳邊，給她喝熱呼呼的茶水，梨枝總算稍微恢復幾分血色。

雪下得愈來愈大。

「這下子今天得提早打烊了……否則電車停駛會很麻煩，比呂，你趕緊回去吧。我也要走了。」

女店主說。梨枝決定拜託比呂子把稔叫來。稔的公司離京都很近。看這樣子，名神高速公路說不定會暫時關閉。如果不能坐計程車回家，就只好讓稔陪著她一起搭電車了。

比呂子打電話後，過了一小時左右稔現身店內。

稔雖然少根筋，好歹還知道向女店主打聲招呼：

「麻煩您照顧了。」

梨枝不得不氣喘吁吁說：

「欸，也麻煩了比呂子小姐了。」

比呂子還拿附近買來的暖暖包替梨枝熱敷下腹部。

也許是因為做過大公司的女職員，看來還算是個機靈的女孩。

「真不好意思。」

稔也對比呂子道謝。

「請多保重。」

比呂子的聲音，還是一樣大剌剌，顯得格外開朗。

「真搞不懂是來幹嘛的。」

梨枝雖如此發牢騷，過了一星期，還是拎著點心去那家精品店致謝。

這天沒看到比呂子，是另一個女孩在店內，當然，那個女孩不是孕婦，是個身材纖細的年輕小姐。

「噢，比呂已經回家鄉去囉，她說肚子也差不多變得顯眼了，所以要回家靜養——」

女店主戴著淺紫色時髦眼鏡，是個話多的女人。

「聽說你是比呂她老公的大姊是吧？哎，我是聽比呂說的啦——」

到頭來，還被迫成了「老公的大姊」。

便當的肉丸子不是西式也不是日式，味道很濃郁，這樣的話冷了也好吃。掌廚的梨枝本人都覺得好吃，稔自然更是心無旁鶩地大快朵頤，再加上有煎蛋捲，所以他看起來格外饜足。

梨枝以前就悄悄想過，做菜能夠滿足稔的味覺的，想必只有自己，年輕的比呂子肯定做不出什麼像樣的料理（不過，她當然也不打算靠料理繼續留住稔），只是驀然間，她有點懷疑，不管給稔吃什麼，當他肚子餓的時候或許都會那樣基於猛烈的食欲頻呼「好吃、好吃」吧？

或許，不管是誰做的菜都會如此。

同樣的，那個大原比呂子揚言如果不能跟稔結婚就要去死，說不定只是她大剌剌的一時戲言。

梨枝這麼一想，便覺得最後一圈還稍微綁在哪兒的束縛，也咻的一聲彈飛了。

於是心情頓感輕鬆。

不再心悸，彷彿膀胱炎疼痛的那種模糊不安與嫉妒，也隨之淡去。

稔說「明天哪，我要去岡山」時——那是比呂子的老家——梨枝也爽快地只應了一聲「嗯——」。

「你幫我做個便當。」

「好啊。」

「途中我在休息站停下來吃。」

「休息站明明有餐廳。」

「我想吃梨枝的便當」

梨枝知道，等他從岡山回來時，就會帶著比呂子這個新妻一同回來，然後直接去京都的公寓。雖然知道，但是想到這是最後一次替稔準備便當，她還是做了。

家中用具原則上已說好一人一半。

「梨枝，如果你有非要不可的東西，你可以先拿走。」

「沒那種東西。」

梨枝想起以前看過的老故事。故事是說，被休掉的妻子，聽到丈夫說如果有什麼想要的可以一併帶走時，妻子笑言「既已留下夫君這般貴重之人離去，還能有何想要之物？」說完便打算隻身離去，丈夫被妻子這句話打動，當下回心轉意，又把妻子叫回來，從此白頭偕老。

但那種故事告訴稔也沒用。梨枝對於稔老實不客氣地拿走一半的理查．基諾里咖啡杯組，還把相簿裡屬於自己的照片統統取走的一板一眼，只感到一種心寒的可笑。

「好了，你真的該趕緊出發了。天色暗了才走高速公路會很危險喔。」
「嗯。——等我走了，你要做什麼？」
「嗯……還是照樣去那家公司上班呀。」
「不對不對，我是說，今天這個星期天的下半天，你要做什麼？」
「翻翻雜誌吧。」
業界雜誌或時裝雜誌之類必須過目的東西很多。也得收集巡店所需的相關情報。老實說，比起稔這個極為普通的上班族，梨枝的工作遠遠更加忙碌。
「我跟你說，梨枝。」
稔恍恍惚惚說。
「你偶爾要得個膀胱炎。」
「為什麼？」
「這樣我就可以再來看你呀。你要通知我，我會馬上趕來。」
「呵呵。」
梨枝笑了。

「你對我講這種甜言蜜語會讓我下不了決心喔。傷腦筋耶。」
「真的嗎？——那我還是明天再走吧。」
「免談，免談。我只是講講客套話而已。」
她甚至沒有目送稔離去。
過了一小時，稔打電話來。
「膀胱炎還沒發作嗎？」
「剩下我一人，反而變得健康多了。我活蹦亂跳好得很。」
「沒我出馬的機會嗎？那好吧，呃，你多保重。我現在在山崎。」
電話中的稔，聲音聽來比起之前好像有點消沉。
他那下垂的眼睛肯定正閃爍不安的光芒，被不明所以的憂鬱打擊，茫然握著方向盤。
那種憂鬱的預感，倒也不是毫無根據。
因為他將要遭到俘虜。
被家庭這種東西。

從家庭抽身，已解脫束縛的梨枝，不得不這麼想。

接下來或許有段即使膀胱炎發作也無人陪伴的日子，而因此感覺難過，但梨枝深深感到「自己被釋放了」——雖不知是被什麼釋放。

梨枝打算往理查．基諾里咖啡杯再加點咖啡，忽然想到：

（啊，剩下這兩組杯子也該給稔才對。）

——對於重獲自由之身而言，任何執著似乎都會變得索然無味。

喬瑟與虎與魚群

「哇！是橋！」

「哇！是海！」

喬瑟開心地喘不過氣，同時還不停叫嚷。（喬瑟動不動就會喘不過氣。如果笑得太厲害或不慎吹到風，很容易呼吸困難。彷彿呼吸的空氣被奪走。那似乎與她的下肢麻痺不無關係，但並不確定。小時候就被醫師診斷患有「腦性麻痺」，不過也有醫師說「根本不是。看不出腦性麻痺特有的症狀」，結果始終病因不明就這麼被論斷為「腦性麻痺」，如今已經二十五歲了。）

喬瑟正好面對吹來的風因此喘不過氣。她自以為說話很大聲，其實聲音沒出來便被海風吞沒。

「喬瑟，還不把窗戶關上！明知道這樣又會不舒服。」

恒夫說。喬瑟這才慌忙按下座椅旁的按鍵關上車窗。以前借的車子要開關車窗時必須搖動把手。如果姿勢不良，那個動作會給喬瑟增加負擔，因此這次租來的車子只要按一下按鍵便可開關車窗讓她很開心。喬瑟按了一次後覺得有趣，忍不住又接二連三一直按。

「別玩了。傻瓜。」

恒夫語帶輕鬆說。

「噢。這是第一次嘛……」

喬瑟滿足地嘟囔，恒夫說：

「還有更方便的車子喔。」

「不是，偶是說旅行。這麼美麗的景色，第一次看到。」

「我也是第一次來這裡。」

「你的第一次，和偶的第一次在質的方面大不相同。偶的第一次內容濃密。這才是偶第二次看海呢。」

「神氣什麼。咱倆不都是第一次蜜月旅行。」

「呵呵。」

「喬瑟，你曾經和誰旅行過嗎？」

「你猜。偶可是桃花很旺的，跟管理員不同。」

「可惡。」

喬瑟只有在心情特佳的時候，才會喊恒夫「管理員」。某次臨出門前，恒夫說：

「等我一下。」

然後就鑽進廁所。喬瑟等得不耐煩，在門外大喊：

「不行。不准你尿尿！臭小子！快出來！」

恒夫一邊紓解生理需求，一邊回嘴：

「你說什麼傻話，居然敢對丈夫大呼小叫。」

「你才不是丈夫！」

「不然我是誰？」

「你是管理員！」

喬瑟本是隨口說出管理員，從此卻很中意這個代號，動不動就喊恒夫「喂，管理員」。恒夫有時也會戲言「站在管理員的立場，我認為——」。恒夫是個事事都很容易融入，適應性很強的男人，喬瑟的名字也在不知不覺中按照喬瑟的堅持如此稱呼。

有一次，喬瑟突然說：

「偶啊，決定今後替自己取名為喬瑟。」

「為什麼取名為喬瑟？」

恒夫看起來一頭霧水。

「沒有為什麼，只是覺得叫做喬瑟更貼切。久美這個名字，偶要放棄。」

「名字可以這麼輕易就改掉？還得經過市公所同意吧。」

「市公所的意見不重要，只要偶自己想這麼做就行。以後，你如果不喊喬瑟，偶可不會理你喔。」

之後，恒夫慢慢細問之下，才知喬瑟熱愛小說，經常借閱市公所巡迴婦女文庫的小說（身心障礙者可以免費借閱），因此而看到莎岡的小說。起初她誤以為那是推理小說才會借回來，但看了之後覺得有趣，又借了好幾本。

因此得知那位法國女作家經常替自己小說的女主角命名為喬瑟。喬瑟頓時拜倒在其魅力之下。比起山村久美子這個名字，山村喬瑟，聽起來更遠遠出色。好像會帶來什麼好事，不，或許就是因為發生了好事，才會在冥冥之中引導自己發現喬瑟這個名字。

所謂的好事，自然是指恒夫的出現。

恒夫說「喬瑟是個怪名字」（他很少看小說，而且這個名字就算在嘴裡念叨半晌也無法激發任何聯想），卻在不知不覺中被感化，開始自然而然地喊她「哪，喬瑟」。

喬瑟有時會因為看電視，被歌手的身段或動作影響。但是連名字都受到影響這還是頭一遭。她從小就習慣自稱「偶」。父親再婚對象帶來的拖油瓶年僅三歲時，牙牙學語不會說「我」，聽起來像是「偶」。喬瑟覺得就是因為那孩子說「偶」，才會得到父親與那個女人的寵愛。於是十四歲的喬瑟也漸漸跟著自稱「偶」。

必須坐輪椅的她開始有月經後，「痲煩的」喬瑟讓女人不堪其擾，索性把她送進身障療養院。父親起初還會來看她，後來就再也不見蹤影。唯獨自稱「偶」的這個習慣，被喬瑟保留了下來。

母親在喬瑟襁褓時便已離開，因此她對母親毫無印象。十七歲那年，她被祖母接回去，在郊外的房子與祖母相依為命。祖母對喬瑟很慈愛，卻不願讓別人看到坐輪椅的她，只有夜晚才肯讓她出來。

她們總是打開後院的小門悄悄出去，但年老體衰的祖母無法順利推動輪椅。

可是喬瑟在春夏兩季的夜晚還是很想出門。

有一次，她與祖母一起出門，行經尚未打烊的香菸舖前。

「等我一下。」

祖母說著放開手，去那店裡買點洗潔精衛生紙之類的東西。距離雖不遠，卻是在有點斜度的坡上。一邊是圍牆無垠延伸的住家，林蔭籠罩顯得黑影幢幢。

喬瑟一瞬間察覺某人的氣息，隨即，輪椅突然加速。事後回想才知道，「某人的氣息」是「惡意的氣息」。後來恒夫說「八成是喝醉酒的人惡作劇」，但喬瑟不這麼認為。因為住在父親家及療養院的期間，喬瑟已經習慣對「惡意」很敏感。——是路過的男人突然不聲不響用力推喬瑟的輪椅，往坡下一推便一溜煙逃走。輪椅筆直向下滑。祖母尖叫著追來，但喬瑟自己當時已經嚇壞了，什麼也不記得。只知道，不知是哪個男人受到凶暴的衝動驅使，突然把輪椅往下推，她察覺到那種殺意，嚇得驚聲尖叫。

從坡道下方走上來的人影，被祖母的尖叫嚇到，發現喀拉喀拉向下衝的輪椅後，撲上前攔阻。那一帶正好已到了坡底，變成徐緩的斜度。那個人在驚愕之下仰身翻倒，輪椅倒是沒翻，就此停住。

「你沒事吧？」男人跳起來說。喬瑟已經嚇呆了，連話都說不出來。情緒激動便會呼吸困難的喬瑟，只能拚命調整呼吸。她面如死灰渾身癱軟，因此男人驚慌失措講的那些話，在喬瑟聽來只覺得很吵。這時祖母跑來，喬瑟聽到祖母的聲音才恢復鎮定，終於喘過一口氣。

「有些人就是這麼惡劣。」

男人用依然驚魂未定的聲調說。

「繼續待在那一帶很危險，我送你回去吧。」

男人說著主動推輪椅。那人就是恒夫。他住在附近的學生公寓，當時還是大學生。

從此，恒夫有空時就會上門，開始替她推輪椅。喬瑟的身體發育不全個子矮小，恒夫似乎一直以為她是個小女孩。

「久美有時很無知，有時又顯得知識格外淵博，真奇怪。」

恒夫說，得知她比自己還大兩歲後，恒夫很驚訝。「無知」是真的，因為喬瑟只往返住處與療養院之間，壓根沒見識過外面的社會，也沒有加入身心障礙者運動團體之類的組織，因此也沒開拓交際圈。對於去療養院做志工的青年男女及中年婦女，怕生的喬瑟一直不肯敞開心扉，因此她在那些人心目中似乎沒什麼存在感，事事總是被放到最後，甚至遭到遺忘。

至於「知識淵博」，是因為她透過看書看電視習得不少知識。

偶以前，都是在池塘養了幾十條鯉魚、還有草皮、還有架設鞦韆的院子裡玩喔。以前的家很大——喬瑟會這麼向恒夫炫耀，但那其實是她在書本及電視上看到的世界。她不用就學因此沒進過學校，但父親教過她平假名、片假名與漢字，後來她自己看書從附帶假名拼音的漢字開始記起，也求大人買來英文童話書，學會了ABC。

父親教過她下將棋，因此兩人經常下棋。父親去公司時，她就打開收音機，聆聽同樣是父親教過她規則的棒球比賽。她很想親眼見識一次比賽，曾讓父親揹她去看過。就在甲子園球場，看到當時擔任投手的村山。看到她喜歡的游擊手吉田好像也是在那次。喬瑟把後來看電視轉播或聽收音機轉播的比賽，和她與父親實際去球場觀戰的那次記憶混在一起，紛然陳列在記憶的架上。

「比賽後半段開始下雨了。但爸爸還是背著偶，把他的外套罩在偶身上。」

喬瑟對恒夫如此敍述回憶，其實是在療養院大廳看電視轉播棒球比賽時，突如其來的驟雨令球場看台上的觀眾慌了手腳，紛紛拿報紙遮在頭上或者蒙著外套。那個印象太強烈，令她與多年前偕父親觀賽的記憶混淆不清。

「偶爸爸非常慈祥喔。只要是偶說的話，他統統都會聽。」

喬瑟如此炫耀。

「既然有這麼慈祥的爸爸，久美怎麼會住進療養院呢？」
恒夫開玩笑說。
「要你管。去死！笨蛋！關你什麼事！」
喬瑟氣得呼吸困難，於是恒夫就此閉口，從此絕口不提，順便也醒悟了真相。喬瑟說的話與其稱為謊言，毋寧是她的心願，是夢想，在喬瑟心中儼然存在迥異於現實次元的另一個世界。
祖母與喬瑟靠著社福補助金過日子，不過有時也會請恒夫這個貧窮的大學生吃晚飯。沒地方打工時，恒夫只能天天靠泡麵果腹，因此祖母親手做的飯菜令他讚不絕口。有時是蒟蒻和菠菜涼拌豆腐、味噌湯，有時是魷魚腳燉白蘿蔔這種老年人吃的菜色，但那種菜色恒夫更喜愛。漸漸的，他開始經常出入祖孫倆悄然度日的家。
「這是什麼意思？」
喬瑟有時會拿正在閱讀的書本內容問恒夫。喬瑟不能走路，但上半身像正常人一樣可以自理生活，所以她不像臥床不起的重度身障者那樣喜歡聽志工灌錄的有聲書，她寧可自己看。雖然聽錄音帶比較不會累，其實更輕鬆……

比起喬瑟的愛看書，起初，恒夫毋寧是對她總是有點傲慢的態度感到困惑。恒夫念的科系和社會福利無關，因此沒有接觸過身障者運動，但友人之中有人做看護志工，曾聽那個朋友說過。身障者之間有強烈的差別鬥爭意識，據說有些人不免在人格上也會變得格外尖銳，但在恒夫看來，喬瑟好像沒有那種傾向。喬瑟討厭大家一窩蜂做某件事，一貫遠離示威遊行或聚眾向政府抗議請願這類場合，人生過得悄然又寂然。

祖母不願讓喬瑟外出似乎也是個原因。也不想讓喬瑟見到募款者或公家機關的人。

於是逐漸變成只有恒夫能帶來外界的風。他會陪喬瑟去很遠的公共澡堂（唯獨那裡，默許喬瑟在澡堂十一點快打烊時進去洗澡），把爬回更衣間的喬瑟抱上輪椅。如果恒夫也順便去男浴池那邊洗澡，讓喬瑟在外面等著，她就會跋扈地責怪恒夫：

「你在搞什麼！這麼冷還讓人家久等。好不容易暖和的身子又要受寒啦。」

「你幹嘛非得把我罵得狗血淋頭。」

恒夫一邊抱怨一邊推著輪椅回喬瑟家。雖然這麼抱怨，但恒夫直覺喬瑟這種「跋扈」或許是她另類的撒嬌方式。不過，如果挑明了這點，喬瑟肯定又會大發雷霆咄咄逼人，再不然就是呼吸困難，況且恒夫也沒有詳細分析這種心理活動加以闡述的習慣與能力，因此他緘默不語。

喬瑟雖然言詞尖銳，卻意外有張精緻如日本人偶的美麗面孔，令恒夫嘖嘖稱奇。他在大學校園看到的女孩子，各個都像矯健的母老虎一樣剽悍強壯又性感，可是喬瑟身上沒有「性」的氣味，恒夫有時覺得，自己就像在搬運從昔日世族大家的倉庫偷來的老舊人偶。那樣的她，和傲慢的言行舉止十分搭調。

喬瑟與祖母住的那一帶，當時還是掏糞式廁所，但隨著下水道完備而改為水洗式廁所，家裡也靠著市府社會課提供的補助金得以改建廁所。順便在馬桶周遭裝設了對喬瑟比較方便的輔助台及扶手。針對那些設計不時提出意見，把喬瑟的要求轉告業者，也成了恒夫的任務。

輔助台太高，扶手的位置太低……喬瑟毫不客氣地如此抱怨，恒夫只好去拜託施工業者：

「不好意思，這個地方可不可以換掉。」

祖母年過八十下廚變得吃力後，喬瑟就接手拿起了菜刀，但位置太高，坐著輪椅下廚很困難。恒夫喜歡做木工，於是一點一滴替她打造台子，裝設櫃子，修理破舊的老房子，把廚房到處改建得更方便輪椅通行。喬瑟的要求太嚴苛，「那麼高難度的要求誰做得到啊」。

恒夫有時不免也會這樣哭笑不得，但家裡沒錢請木匠，只能靠恒夫這種門外漢的手藝勉強湊合。

喬瑟如果放慢速度慢慢來，其實也能下廚。她會花很長的時間切菜，順利完成烹煮。也能洗衣服，可以靈活地把濕衣服搭在恒夫花心思製作的晾衣架上。如果有拐杖撐著也能站立，因此雖然不能外出，家裡大小事情倒是都能自己完成。

那根拐杖也是恒夫做的，下端像雪橇，不易跌倒。另外還有一件被喬瑟稱為「溜冰鞋」的東西，也是恒夫的傑作，是將大型家具廢棄場撿來的吸塵器本體的一半裝上固定的棒子。身體只要倚著那根棒子，便可靠底座的滑輪四處通行無阻，不過滑得太順暢也曾一不小心差點從簷廊摔下去。

恒夫不僅照顧喬瑟一家，也很享受大學生活，有時會出外旅行，或是回廣島的鄉下省親，此外也熱愛滑雪。畢業時一直找不到工作很焦急，有一陣子甚至無暇去喬瑟家。等他好不容易在小型近郊都市的市公所找到工作，這才有空去睽違已久的喬瑟家，沒想到住在裡面的已是別人，對方表示：

「老太太死了，不良於行的孫女被社會局安置，現在一個人住在這前面的公寓。」

恒夫匆匆去找那間公寓，只見巷子深處放了一輛輪椅，罩著塑膠布防雨。他敲敲門，兩脇撐著恒夫做的雪橇拐杖以及溜冰鞋拐杖的喬瑟出來了。她比之前消瘦，下巴尖了，眼睛顯得更大，頭髮還是妹妹頭，但似乎失去光澤，顯然是營養不良，恒夫看傻了眼。

雖然並沒有非得照顧喬瑟一家的義務，恒夫還是忍不住自責：

「對不起。我前一陣子很忙。兵荒馬亂的，無法抽空過來。抱歉。聽說奶奶去世了？」

「嗯。」

喬瑟沒有恒夫以為的那麼悲傷，眼中也未流露譴責恒夫的神色。

恒夫本來以為，喬瑟向來伶牙俐齒，不知會被她如何痛罵薄情，或者，會為了祖母的過世向他訴苦，沒想到喬瑟很平靜，面無表情地告知：

「是市公所的人來幫忙安葬的。倒是找這間公寓很辛苦，要找房租便宜又沒有樓梯的公寓，很不容易。」

「所以你現在一個人住？」

「女志工每個月會來一次，幫忙買買東西什麼的。」

「——鄰居親切嗎？」

「並沒有。大概是怕偶賴上他們，連話都不敢跟偶說。二樓住的是個噁心的中年歐吉桑。那個老傢伙，居然嘻皮笑臉說什麼只要偶讓他摸摸奶子，有任何需要都可以代勞。偶怕被他占便宜，晚上哪都不敢去，門窗統統鎖起來。白天就沒關係了，那個歐吉桑白天忙著去賭賽艇或賽車。」

恒夫好久沒聽到喬瑟這聲「偶」了。

喬瑟說得平淡，反而讓恒夫痛切感到失去祖母後，喬瑟那段日子舉目無親的徬徨。

恒夫很心疼喬瑟，假裝好奇地環視室內，藉此緩和內心的痛楚。祖母生前用的衣櫃及梳妝台、雙層裝飾架等家具，據說租這間公寓時都賣掉了。

「現在偶用的都是紙箱，一個人也搬得動。偶在市場發現漂亮的紙箱，就討來用。」

據說是從牙醫診所候診室拿來的女性時裝雜誌，她將漂亮的彩色插圖剪下貼在紙箱上。喬瑟在屋內堆積了許多紙箱，一端還做成可以拉開的抽屜。明明身無長物，卻覺得二坪多的房間頗為擁擠，原來是因為紙箱被五顏六色的貼紙妝點。恒夫回神說：

「你有沒有好好吃飯？瘦得一把骨頭可憐兮兮，小臉好像都縮水乾癟了。」

「喂，你在同情偶嗎？偶當然有吃飯，用不著你操心！」

喬瑟不快地把臉往旁一扭。雖然恒夫只是隨口說說，卻似乎惹惱了自尊心特強的喬瑟。直到很久以後恒夫才知道，喬瑟對於自己彷彿塗了白粉的滑嫩白淨肌膚，以及嬌小玲瓏宛如日本人偶的臉蛋非常滿意，似乎自認為是大美人。結果竟被恒夫批評「乾癟」，因此而勃然大怒。

恒夫被罵得手足無措，說聲「我改天再來」就起身要走。

「不必了！你不要再來！」

喬瑟激動得大吼。

「……那……再見。」

恒夫只好黯然離開。

在門前要穿球鞋時……

「你為什麼要走！任偶這樣生氣也不管！」

喬瑟氣喘吁吁說。

「那你到底要我怎樣？」

「不知道！」

「……那我走了。」

頓時，雪橇拐杖飛向他的後背。他轉身一看，喬瑟的大眼睛蓄滿淚水。

「久美。」

被恒夫這麼一喊，她含著眼淚。

「你走，你趕快走啊……。最好永遠不要來！」

她激動得再次上氣不接下氣，這下子恒夫也不敢走了。你還好吧？他說著戰戰兢兢靠過去。

「偶不要你走。」

喬瑟說著緊緊抓住他。

「請你不要走。哪怕再待三十分鐘也好。電視已經賣了，收音機也壞了，偶真的好寂寞……」

「怎麼，原來我是電視和收音機的替代品啊？」

「對呀。你這個收音機還會回話好歹有點用處。」

喬瑟破涕為笑說，恒夫忽然覺得喬瑟好可愛。看著她嬌小得匪夷所思、形狀姣好優美的嘴唇就在眼前，他忽然有股衝動，吻了上去。耗費長時間挑逗她緊抿的雙唇後，她的雙唇終於開啟，恒夫逮住喬瑟那閃躲無措的熾熱小舌。

公寓外，只有摩托車呼嘯而過的聲音，很安靜。

「恒夫。隨便你要對偶怎樣都行，你想怎麼做都沒關係。」

喬瑟終於退開嘴唇後喘著氣說。

「做什麼？」

「還能做什麼，當然是做你想做的那件事。」

「我沒那樣想。我和二樓的色狼歐吉桑不同。」

「你討厭偶？」

「……不討厭。」

他被逼著說出這句話。

「既然不討厭，那就做呀。你還是不是男人啊！」

「……我不是抱著那種打算來的。」

「真囉嗦。偶本來也沒那個打算，但是現在，偶願意。偶也喜歡你。如果不是你，偶才不會對別人說這種話。雖然不知今後會怎樣，但這是偶第一次有這種心情。」

「真的可以嗎？」

「門鎖好了？」

「沒鎖。」

恒夫被逼著急忙去鎖門。

「被逼著……」這個說法冠在所有動作上是個特徵。恒夫並非是沒經驗的楞頭青，和女學生已有過多次體驗，卻是第一次接觸這麼脆弱單薄、彷彿一碰就碎的身體。

那天，他第一次看清喬琵纖細的雙腿，他覺得那雙腿宛如人偶。然而雖是人偶卻做得精巧，比起以前遠觀，女性的功能相當健全、確實、流暢。喬瑟之前也從電視及書本看過，似乎已有某種程度的知識，但是到了某個階段好像就放棄再繼續故作內行了。她就這麼啞口無言心神恍惚直到最後，恒夫完事後，「你生氣了嗎……」

他坐起上半身終於把喬瑟摟到身旁，囁嚅地說，喬瑟的聲音細微卻明確堅定：

「偶沒有生氣。」

她說。

「只是和之前想像的截然不同。」

「比你想像的好還是糟？」

「比想像中好。」

「……那就好。」

恒夫想起和那些不算戀人的女學生發生過的情事。完事之後多半連女孩子的臉都不想再看到，可現在卻想把喬瑟的（當時還叫做久美）小臉蛋久久貼在身邊。

「偶喜歡。喜歡你，也喜歡你對偶做的事。」

喬瑟說話也很可愛。

「今晚留下來。」

「嗯。」

「明天也是。永遠。不分日夜一直留下。」

「我已經找到工作了，必須去上班。就連二樓的歐吉桑，白天不也會出去賭賽艇？男人白天必須工作。」

「如果你不聽，偶就大聲到處宣揚。偶要打電話給報社爆料，說你對行動不便的身障者霸王硬上弓。偶還要告訴市公所的人。」

「傻瓜。」

兩人就那樣相擁入睡到晚上，沒有窗簾的窗口，可以看見玻璃窗外的天空已從橙色逐漸轉為深藍色。恒夫的枕頭上方，有個一伸手碰到就窸窣作響的紙箱。

「這是什麼？」

他好奇地去掀蓋子，發現裡面只有一包裝在白色袋子裡的東西。

「是奶奶的骨灰。」

喬瑟笑著說。父親說改天會來取走，卻始終不曾出現。那個紙箱外面也有一半都貼著外國都市的照片。

那晚恒夫不想走，於是就留下了。翌日是早春的好天氣。他打算帶好幾個月沒出門的喬瑟出去走走。

他一一打電話詢問友人，終於借到車子，把喬瑟與輪椅都搬上車。

喬瑟板著臉。

「怎麼了？如果不想出門，不出去也沒關係。你想待在家裡也行。」

「不是。是太開心才會擺臭臉。」

恒夫笑著親吻喬瑟。看著喬瑟，與其外出，他巴不得鎖上門與喬瑟繼續睡覺。喬瑟宛如纖細人偶的雙腿看起來異樣性感，雙腿之間有個顫動的無底深淵，是形似鱷口（註：掛在神社或寺院堂前簷下的大型金鼓。內部中空，下方有長條裂縫）的深淵。恒夫彷彿被綁在那裡動彈不得，不由得頭暈目眩。

喬瑟說她想去的地方是動物園。以前住在療養院時，曾在志工的陪同下搭公車去過，但當日時間有限，只參觀了鳥園、猴山及象舍。動物園太大了，身障者很容易累。

喬瑟聲稱「想看老虎」。

恒夫把輪椅推向猛獸區。或許是因為陽光，終於有了初春的和煦，雖是非假日，人潮比想像中還多。喬瑟看到老虎，很滿意地說果然和想像中一樣。老虎以野獸特有的動作在籠中不厭其煩地走來走去，令喬瑟看得入神。那讓人聯想到被壓抑的凶暴活力且瘋狂的黃色虎眼，掃視到喬瑟身上，喬瑟嚇得渾身哆嗦。可是，想看可怕事物的好奇心更強烈。

老虎停下走來走去的動作，在喬瑟面前駐足。喬瑟的心頭充斥恐懼與不安，甚至喘不過氣。最後，老虎用那看似可以一擊撲倒大象的強而有力前肢，無奈地拍打水泥地板，扭身咆哮。

黃黑相間的斑斕毛皮，隨著老虎的動作在陽光下閃閃發亮。喬瑟聽著咆哮聲，嚇得幾乎失神。她緊抓著恒夫。

「好像作噩夢一樣恐怖……」

「既然那麼害怕，幹嘛還想看。」

「偶想看最可怕的東西。在偶有了心上人的時候。這樣害怕時也有人可依靠……偶老早就在想，等偶有了心上人一定要來看老虎。如果沒有這樣的對象，就一輩子都看不到真正的老虎，但偶那時覺得，這也是莫可奈何。」

從高處望去，浮在海上的小島被蔥鬱的深綠色掩蓋。是南國特有的、油光閃亮、綠得頑固的蔥鬱樹林。因此，整座島看似一顆球藻。

喬瑟得知島上有海底水族館，之前就纏著恒夫求他帶自己來玩。那是九州盡頭的列島海域，無法當日來回。恒夫是特地請假才能來。喬瑟特別喜歡動物園及水族館。

小島與本土的海岬之間，有紅色大橋連結。只見大橋形如翻花繩，至於遠方的小島，喬瑟覺得「就像紅線纏著的溜溜球」。車道穿過山腹蜿蜒而行，因此小島與紅橋不斷自視野若隱若現，每次都看起來更大，最後大橋聳立眼前，車子終於要過橋了。

橋梁高得令人眼花，散發極強的壓迫感，海面看似在遙遠的下方，可見橋墩肯定也很長。好不容易過了橋，前方是停車場。一輛接一輛停滿了觀光巴士，恒夫遵循標誌開進海岸道路，繞行小島四分之一後，把車停在建在海邊的度假飯店前。

「我之前打過電話……有沒有不需要使用樓梯的房間？因為要坐輪椅。」

恒夫邊從汽車行李廂取出折疊式輪椅邊說。出來迎接的黑色西裝年輕男子，明顯是在努力不去看喬瑟的腳，反倒讓人有點同情他。喬瑟穿著長裙是淺粉色的，上衣也是粉紅色短袖。喬瑟態度高傲，下巴抬得高高的，對飯店的男員工不屑一顧，更別說是親切微笑。男人不時偷瞄宛如玻璃盒內日本人偶的喬瑟。

「我們準備的是二樓的房間，因為有電梯。一樓是餐廳與宴會廳。」

但電梯很窄，他們發現輪椅進不去，最後，喬瑟是讓恒夫揹著搭乘電梯。

輪椅折疊後由飯店服務員拿著。一群中年女房客毫不客氣地上下打量喬瑟，令喬瑟非常生氣。

因為已聲明是蜜月旅行，所以房間擺了鮮花，但喬瑟等飯店的男服務員一離開就氣呼呼說：

「都是管理員的錯！管理員事先沒有好好調查，所以輪椅才會進不了電梯！還被那些歐巴桑露骨地盯著看！」

「喬瑟，你別這麼說嘛。你看，很漂亮的海喔。」

恒夫拉開窗簾感嘆。房間兩面窗子都是整片無垠海景。喬瑟的心情總算有點轉怒為喜，扶著桌椅移到窗邊，默默凝視大海。

「這下面應該就是水族館吧？」

「對呀。」

「那就走吧。」

「等一下。我一直開車已經很累了，先讓我休息一下。」

「算了！不稀罕！偶去拜託剛才的服務員！」

恒夫只好嘆口氣又帶喬瑟出門。反正不管怎樣都需要服務人員的陪同。水族館位於地下八公尺深的水底，要走下漫長的水泥階梯。服務員在後面跟著幫忙拿輪椅。

突然間，周遭出現微光。把喬瑟放上輪椅，讓服務生離去後，海底就只剩下恒夫與喬瑟二人。周圍與頭頂都是玻璃帷幕，海水的碧藍清澈透明。款款搖曳的海藻之中，只見鈷藍色小魚成群結隊，色彩鮮豔的紅魚翩然穿梭。

水底的沙地也可見到海鰻及螃蟹、蝦子、烏龜匍匐。唯有恒夫的腳步聲與輪椅吱呀作響的聲音回響，似乎沒有別的遊客。碩大的、銀色與青色的魚，緩緩橫越眼前。是鰤魚。

魚群腹部緊貼著珊瑚礁掠過，紅魽和黑鯛、石斑魚、皺唇鯊眼花撩亂地來回悠游。

魚群的眼睛乾冷無情，和人類的臉孔有點相似。

「噢——的確值得大老遠特地來觀賞。有意思。」

恒夫單純地覺得有趣，喬瑟卻已啞然。

待在這裡，連日夜都分不清，彷彿兩人被遺棄在海底。喬瑟感到幾近恐懼的陶醉，一次又一次徘徊。最後被忍無可忍的恒夫責備，請水族館售票口的女人去喊飯店櫃台服務人員，這才把她揹回地面。走上階梯時恒夫已氣喘如牛。

地上有明朗的夏日陽光，土產禮品店近在眼前，四周瀰漫海潮的香氣。兩人在附近的冰果室喝冰咖啡，又上樓回房間。餐點也特別吩咐飯店人員送到房間。

深夜，當喬瑟醒來時，窗簾拉開的窗口照進月光，整個房間宛如海底洞窟的水族館。

而喬瑟與恒夫，都變成了魚。

——死了呢，喬瑟想。

（偶們已經死了呢。）

恒夫後來一直與喬瑟同居。兩人自認已結婚，但並未辦理登記，也沒有舉行婚禮公開宴請賓客，甚至沒有通知恒夫的家人。放在紙箱中的祖母骨灰，也依然原封不動。

喬瑟認為保持現狀就好。她會花長長的時間烹飪，完美調味後給恒夫吃，慢吞吞洗衣服，讓恒夫打扮得乾淨清爽。小心翼翼地存錢，一年這樣出門旅行一次。

（偶們死了。變成「死掉的東西」。）

死掉的東西，也就是屍體。

對於恒夫與喬瑟如魚般的模樣，喬瑟發出深深滿足的嘆息。恒夫不知幾時會離開喬瑟，但只要他還在身邊一天，那就是幸福，喬瑟認為那樣就夠了。而且當喬瑟思考幸福時，那似乎與死亡是同義詞。完美無瑕的幸福，就是死亡本身。

（偶們是魚。變成了「死掉的東西」——）

這麼想時，喬瑟認為自己是在說「偶們很幸福」。喬瑟與恒夫十指交纏，倚偎在他懷中，像人偶一樣纖細美麗卻無力的雙腿併攏，再次安然沉睡。

男人們討厭馬芬蛋糕

終於接到電話，已是抵達這別墅的第三天。

電話彼端，連的聲音帶著充實的光輝。

這個男人，對於讓女人苦等，自己忙於工作的當下狀態似乎非常開心。

他是個熱愛工作到已經無藥可救的男人。現年四十二歲，仍然單身，目前是服飾公司的社長。

「你在做什麼？咪咪。」

「你希望我做什麼？」

我的怒火已瀕臨爆炸，但在那其中，也混雜了一點點聽到他聲音的喜悅，讓我自己都感到窩囊又惱怒。

「我好不容易請了假前來。結果你卻不來，難不成是要叫我在這裡掃地當管理員？」

「別這麼說嘛。我起先也是抱著那個打算請了假，可是臨時有工作……」

「算了。總之你到底什麼時候要來？我請了一週的假，現在已經浪費掉三天了，不然我乾脆就這樣收拾行李回去算了。比上次去夏威夷更爛。」

「你先別衝動嘛，咪咪。拜託，等我一下，我很快就去，不過今天接下來我還得去見個人。已經約好了吃晚餐，我想會弄到很晚。明天……」

「你的意思是明天能來？」

「不知道，總之你先待在那裡，拜託。」

「我不要……」

鳥井連這個男人很像小朋友。換言之，面對好吃的點心，儘管現在不想吃，大人如果作勢要拿走，小朋友還是會又哭又鬧：

「啊。等一下，那個我要吃，不能拿走。」

可是拿在手裡又不吃，只要拿著就滿足了……。

「我會去，我會去。」

連頻頻安撫我。

「那棟別墅，一個人享受也算是不錯的假期吧。你可以吩咐『魚政』儘管替你料理你愛吃的。」

「這算哪門子不錯的假期！這裡入夜之後還有飆車族呢。去年都沒有這種情形。」

「噢——」

「怪可怕的。你快點來。」

「好啦我也想快點去，聽到你的聲音我就忍不住了。咪咪。」

「幹嘛？」

「我喜歡你。我愛你。」

「有時間講這種廢話還不如趕緊過來。像我這種美女，被冷落一旁會怎樣那可難說喔。」

「你可別把飆車族拉回家。」

「這個很難說喔。比起工作中毒的大叔，我更喜歡落魄潦倒的小夥子。」

「可惡。」

這樣鬥嘴時，連似乎覺得很幸福。

「真希望有兩個身子，可以分別給工作和你。」

他的聲音聽起來也很滿足。

「哼。如果那樣做，味道豈不是變得更稀薄？你本來就沒什麼人味了。」

「啊——好想今晚就去見你。可是已經約好吃晚餐，明天還得陪客戶打高爾夫球……」

「那種應酬，乾脆放鴿子算了？偶爾一次有什麼關係，我都已經在這裡被放了三天鴿子。」

連無論午餐或晚餐都習慣談公事，我明知如此偏要這麼說。

「那可不行。好了，我會盡快早點過去。」

連準備掛電話，又說：

「『魚政』現在有什麼？」

「昨天有沙丁魚，說是可以做韃靼魚肉。」

「你吃了？」

「一個人吃那個有什麼意思。」

「知道了知道了，這下子，我又多了一個趕緊過去的樂趣。你可別出牆，要乖乖等我喔。」

「我偏要！偏要！」

連忍不住嘻嘻笑。

「那邊的浴室，可以用吧？」

「嗯。幹嘛問這個？」

「好好洗乾淨等我去收拾你。」

「去死啦。豬八戒。」

「如果真的很閒，我讓志門去陪你吧？」

「志門比你好。到時出了什麼事我可不管喔。」

「不不不，那種事可不能隨便胡來。那小子很迷戀你。」

「他還是個孩子呢。」

「這年頭的孩子最可怕。」

「若真變成那樣，也是你的錯。」

「不，你也有挑逗他。我明明看見了。」

這次輪到我開心地笑出來。連的侄子志門，目前在連的公司打工，是個大學生，連曾經帶著他跟我一起吃過三、四次飯。
志門看起來很黏人，對我似乎頗有興趣，因此我和連私下打情罵俏時，把志門當成最好的材料。
我對那種毛頭小子當然壓根不感興趣，不過拿來耍嘴皮子倒是恰恰好。
連開心地掛斷電話。我想起他那肉呼呼、可愛風趣、表情豐富的臉孔。雖然他並非帥哥，身材矮胖，對我而言卻是魅力十足的可愛男人——雖說比他小了十一歲，現年三十一的我，說一個四十二歲的男人可愛也有點奇怪。
他那熱血的、彷彿肉體正在冒蒸氣的身體也極有魅力。
被他抱在懷中，彷彿海上遇難者獲救，濕淋淋的身體被溫暖的毛毯二話不說團團包裹的感覺。寒冷與恐懼令牙齒合不攏、正在喀搭喀搭顫抖時，有人口對口送上熱湯，整個人頓時從芯子溫暖起來，彷彿渾身的漿液都被溫熱。
連做愛時就像救難人員。
這點也讓我特別喜歡。

我的意思是他很細緻。

我並沒有太多經驗，但好歹有點閱歷了，開始覺得「美好的性愛」與年齡無關。

年紀大的人也可能技巧拙劣，也有人年紀輕輕天賦異稟，況且那似乎也與想像力和感情纖細與否有關。

腦筋不好的男人和不懂得體貼的男人，不可能做到「美好的性愛」。

不過，連雖然喜歡做愛，卻也過度熱愛工作。這點很傷腦筋。

我自設計學校畢業後在企業上班，利用工作之餘開始偶爾撰寫時尚報導，當時我辭去工作搬至東京。我本來就喜歡畫設計圖，不知不覺成了插畫家，順帶也寫點文章，找上門的工作愈來愈多，總算一個女人家也可以自食其力了。

與鳥井連是在東京相識。當時因雜誌採訪去見他，雙方都覺得契合，因此工作結束後相約去喝酒。

翌日，還在公寓睡覺的我接到電話。

「我現在必須回大阪。想跟你說聲再見。」

是語帶輕鬆的連。

「昨晚很開心，謝謝。下次在大阪喝酒吧？如果你到大阪一定要打電話給我。我們再好好聊一聊。」

連早婚，生了一個女兒後離婚，他說目前單身。依他的說法那時就是因為太投入工作，才讓妻子跑了，我也不大清楚。只不過，連是個愛撒嬌嘴又甜的男人，似乎很容易博取女人的好感。日本的男人通常嘴巴都很笨，油嘴滑舌的他想必格外惹眼。

「我就喜歡像你這樣傲骨錚錚、乾脆俐落的女人，那種扭扭捏捏的我可受不了。我公司雖然做的是強調女性化優雅風情的服裝，但我個人比較喜歡中性化的女人。尤其是適合穿這種皮夾克的女孩子，最讓人心動。」

我在大阪見到他時，正值嚴冬，所以我穿著黑色皮夾克和焦茶色燈心絨長褲，毫無女人味，但鳥井連說這番話時的表情，似乎是真的非常欣賞，眼中泛出濃稠的性感，厚實的雙唇合都合不攏，看起來就很好色。他就腆著那副色瞇瞇的表情對我看直了眼，全然地，毫不設防。

他的毫不設防打動了我的心。

對什麼毫不設防呢？對於我的輕視毫不設防。

這年頭，不可被人輕視的意識，就像社會這艘船的龍骨，令人變得心腸冷硬。

能夠毫不在乎這點，坦然露出讓人輕視的弱點也絲毫不懼的鳥井連，讓我愛上了他。

不僅如此，畢竟，他還讓我體驗到救難人員的那種性愛魅力，於是我當下暗想——

（跟他上床也無妨。）

實際上，我們過了半年才發展到那種關係。

連說「如果你想結婚那我們就結」，但在東京或大阪約會的關係已維持三年之久。

連說「那棟別墅，一個人住應該也會是不錯的假期」是真的，愛海的連，在岡山縣偏僻漁村外圍的山丘上，蓋了一座比較精緻的別墅。

我沒去過地中海沿岸，但是感覺就像是俯瞰大海的歐洲農舍風格。聽說是委託大阪的建築師設計的，前院鋪著地磚，而且據說是特地向本地磁磚公司訂製的。

寬敞的玄關鋪著石板格外涼快。

後院是樹木環繞的草皮，從這裡也能看海。船隻往來頻繁，甚至令人忍不住驚嘆穿梭瀨戶內列島海域的船隻航班之密集。

房屋四周有石牆與樹木環繞，幾年來樹木愈長愈高，幾乎已掩蓋房屋。宛如睡美人住的城堡，因此一年要請鄰村的園丁來修剪好幾次。

村中有間魚店「魚政」，一通電話，便會把想要的魚蝦送到府上，或者烹調之後送來。

雖是漁港，但漁業界有複雜規則，似乎明文規定某些水產不能撈捕，因此連漁夫也會去魚店買魚。

前院白色地磚上，有粉紅色大理石女神雕像，還有噴泉。所有的窗戶都裝有鏽朱色防盜窗，草皮盡頭是整整齊齊的石板。連玄關白色大門的把手都是精心打造。

臥室兩間，浴室廁所兩間，還有餐廳與廚房，一進門的地方就是客廳。兩個臥室都在二樓，是為了看海。

夏天很熱，但瀰漫海潮香氣很舒服。走個四、五百公尺，便有度假飯店及民宿，內行人似乎都知道，從這一帶眺望的瀨戶內海風光最美。

連曾說過，「可以看海的別墅」是他畢生夢想。不過，這個夢想也和女人一樣，只要知道「就在那裡」就好，不用實際去住似乎也已滿足。他自己的解釋是：

「不不不，那當然是要親自去住才有意思。可惜我實在太忙了。」

不過去年我倆還是來住了三天。

早上淋浴後赤腳踩著沾滿露水的草地，享用熱咖啡與大蒜奶油吐司。我也愛上了這個別墅。

從後院走下石階，沿著竹林之間闢出的小徑一路走去便會來到海灘。這一帶和停靠漁船的海邊還有段距離，因此海面沒有船隻的機油漂浮。不過，當然不是像南太平洋列島那樣的碧藍海水，只見紅褐色浪濤一波波湧來。

不過還是有戲水遊客。我們也在這裡游過泳。

午餐就吃「魚政」的生魚片。我有時會用魚頭煮味噌湯。

吃完午餐，到了傍晚，兩人會替草地澆水或是泡澡。

期間連不斷打電話去公司，晚上去飯店吃飯，喝著金巴利蘇打，一邊問「你當初為什麼和老婆離婚」調戲他也很有趣。

「因為有怨念。」

連嘻嘻笑著說。

「怨念？」

「我老婆不像你這樣有自己的工作……不，沒工作也無所謂，那個無關緊要。她就安安心心待在家裡每天笑瞇瞇地享受就行了，可她好像就是覺得不舒服，整天發牢騷，那成了怨念。心有怨念的人很難相處。日積月累，就覺得跟她在一起很吃力。」

我對怨念這個字眼心有戚戚焉。更加喜歡連。哪怕一輩子不結婚就這樣和他交往我也甘願。

連點點頭：

「對對對，結婚就會擁有家庭。說到家庭就很色——應該說很猥褻。」

「如果很色情倒也好。」

「對，色情才好。咱倆意見一致呢。」

不過，比起那個，我們認為更上等的是好色。好色的救難人員。

我喜歡他的身體重量，而且是黏稠的重量，充斥我全身上下宛如蜂蜜般黏稠的重量。把臥室的窗子全都敞開，聽著夜風砰砰拍打防盜窗，我這個遇難者，超愛被連這個救難人員的毛毯團團包裹。

傍晚起風了，沖個熱水澡，檢視冰箱後決定拿冷凍牛肉煎牛排吃。這裡有電視（連即便來別墅似乎也在擔心種種俗務，他會看電視或打電話），但我一個人的時候不會開電視。

吃完飯我關好門窗，開始看我從首都攜來的澀澤龍彥的《黑魔術手帖》。海上悶熱無風，得知連今晚也不來，我感到很無趣。

八點左右，摩托車的聲音頓時變得刺耳，摻雜男人的聲音，接連好幾輛摩托車轟隆隆駛去。

我驚訝得喘不過氣。

然後，摩托車又從另一頭接近，繞行房子一圈後遠去。似乎是從房子後面的坡道上去，繞行房子一圈後再下來。

我感到自己遭到包圍不由得徬徨不安。如果他們發現這棟屋子只有一個女人在，不知會做出什麼事，我打著赤腳在屋內跑來跑去，把所有窗子的防盜窗都牢牢關閉。

一個人如此忐忑不安讓我感到很可笑，開始憎恨連。說到憎恨，上次我們說好一起去夏威夷，結果到了飛機要起飛的時間連還沒現身。我苦苦哀求地勤人員再等一下，就在我已經絕望的瞬間，連滿頭大汗，幾乎是兩手空空地跑來。

我們一上飛機，機門立刻關閉，飛機開始滑行。

因為這場風波，他累壞了，在機上呼呼大睡，抵達夏威夷後也一直睡覺。雙方的不悅日漸升高。

「這種鬼日子我受夠了！忙忙忙，忙忙忙，你天天都在忙忙忙。你的忙碌我已經聽膩了。」

我在大吵一架之後不禁啜泣。

「唉，你別這麼說。我不是就在你身旁嗎？這樣露出肚子躺著……」

連雖然嘴上安撫我，但他說到最後就像是螺絲鬆脫，很快又開始昏昏欲睡。

結果，那幾天等於是專門去夏威夷睡覺。

想起那回事，我又開始氣連。他該不會把我當成「痴心等候的女人」，看扁了我吧？就連他打電話來的舉動都讓我火大。既然不能來也用不著打什麼電話了。要來的話，打通電話倒是無所謂。

與其打電話來推託，還不如一開始就不要跟我許下承諾約定日期。

一度遠去的摩托車聲音再次接近，院子的雕花鐵門好像打開了（這扇大門從外面也可以拉開門栓），我深感不安，關掉客廳的燈。因為我不想讓他們發現有人在。

刺眼的光芒從防盜窗縫隙凌亂射入，怪叫聲此起彼落，我嚇壞了。從玄關的玻璃門悄悄探頭一看，最靠近我這邊的男人頭上安全帽寫著「拉鬼連合」。七、八輛摩托車聚集在院子裡鬼吼鬼叫，然後又一起發出轟隆噪音呼嘯而去。

我尋找鑰匙盒，把院子的門鎖上，回臥室躺下，但是平日沒這種可怕的經驗，因此有點震驚。他們帶有強烈口音的方言，往日聽來帶著善意，此刻卻只覺毛骨悚然。

天亮之後，或許會覺得他們根本不算什麼，只不過是一群善良的摩托車發燒友。

說不定，是我自己看了《黑魔術手帖》那種書，才會把無端妄想套在他們身上。

然而院子的草皮被車輪踐踏，地磚也有一塊破裂，草地上到處都是摩托車亂七八糟駛過的痕跡，木椅也翻倒在地。

我打電話到連的公寓。他在離公司很近的都心公寓獨居。連正準備去上班。

「那你一定嚇壞了吧，真可憐。」

他說，可偏偏就是沒說「那我今晚就趕去陪你」。

不過，當我說：

「我要回東京了。」

他嗆到了。

「等一下。你幹嘛這麼急著走，等我去找你好不好？我馬上就去。」

他哀求著說。

「可是我害怕。」

「好，那就讓志門去當保鑣，總之你在那等著。」

我覺得他在耍我。

這天也是大晴天，我修剪院子花木，打掃各個房間，睡午覺，去「魚政」瀏覽魚貨。有鯛魚，但是連還不知幾時才會來，所以最後我還是選擇沙丁魚。發出銀光的沙丁魚肉身緊實，我買了很多。

如果明天志門真的來了——這麼一想，我又烤了做法簡單的馬芬蛋糕。我想應該很適合容易肚子餓的小夥子。太陽已西斜，於是我去飯店的泳池游泳。

這麼豪華的別墅一個人住，渾身上下也說不清是哪兒，總有不斷流過的不安。

別墅不屬於我，丈夫也不屬於我……。嚴格說來我和連並未結婚，說是情人，關係又太平淡……。就算像這樣有機會見面，連也覺得只要我待在這裡便可安心，始終不肯來看我。

連曾抱怨他的前妻，但是，和他那種男人在一起，或許所有的女人都會化為怨婦。

飯店似乎客滿。

在泳池沒遇到我認識的人，得以輕鬆自在地游泳。好像也有許多女孩是民宿的房客，池畔人潮混雜。

我在泳衣外面罩上藍色浴袍，任由頭髮繼續滴水，一路走回別墅。因為飯店的淋浴間太多人。

把草帽高高壓在腦後，戴著深色墨鏡回到別墅一看，前院的粉紅色大理石女神雕像前，有個青年。是志門。

他似乎在院子走來走去，好不容易繞完一圈回來，看到我之後：

「嗨！」

他咧嘴一笑。曬得黝黑的他簡直認不出來，個子好像也變高了，每次見面都更有男人味。他說一路換乘新幹線與公車，剛剛才抵達。

和連一樣，他也毫不怕生滔滔不絕，這種有話直說的個性，也頗有連這個家族的作風。

他忍不住笑了：

「真好，可以來這裡。好開心能見到咪咪小姐。不過，等叔叔一來我就得走了。叔叔說，他明天過來。」

「那可不一定，說不定他又會說臨時有事。」

我帶他去後院。

「這邊比較通風。」

我像介紹自家別墅似地說，然後去淋浴。我沒有志門那麼誠實，所以臉上沒有露出喜色，但我其實很高興。

與其等待不知何時才會出現的情人，和一個聲稱很高興見到我的人聊天遠遠更加愉快。

任由白紗洋裝隨風飄揚，我穿上白色涼鞋出去。

端著兩杯冰透的金巴利蘇打。

晚霞正好剛出現，與其說美麗毋寧是陰森地擴大。

坐在院中椅子上看海，可以發現海上群島的影子逐漸變得墨黑。天頂倒是仍有微光。手邊也很亮。

烏鴉在右邊的茂密森林聚集。

那裡是海岬尖端的神社，從神社鳥居看到的海，就像從希臘遺跡眺望的列島海域。

我和連都愛那片景色，記得好像還常去散步。

「你什麼時候來的？」

志門問，稍微啜飲一口金巴利蘇打。

「我已經來三天了。」

「等了整整三天啊？」

志門想必是無心之言，但他霎時面帶緊張，怕我會以為他是在諷刺我苦戀連，為他痴心等候。我覺得自己有點被輕視。

「我才沒有等他。我看起來像痴痴等候的女人？你以為我會傻等？」

「不，我是說，早知道你這麼早就來的話，我也應該早點過來。」

志門四下張望。

「不是說有什麼飆車族鬧事嗎？」

「叫什麼拉鬼連合，莫名其妙。但我當時真的很害怕，一個人在家膽子變得很小。正好在看這種書，所以不免想起黑彌撒。」

我把澀澤龍彥的書拿給他看，啜飲微苦的金巴利蘇打，朗讀書中的詩。

「我灰色的手套
永遠　永遠　浸染生命的神液
如赫爾墨斯　擁有熔爐
嚴冬的清晨醒來憧憬煉金的迷離幻夢
夏暮時分　猶如帕拉塞爾斯術士
以短劍藏匿妖魔　於每條巷道　竄過學者的憤怒
（註：赫爾墨斯〔Hermes，又譯荷米斯〕：希臘神話中宙斯之子，據說發明鑽木取火。）」

這個名叫帕拉塞爾斯（Paracelsus）的魔法師是真有其人喔。」

我朗讀時，志門一直盯著我看。我每次都是翻到帕拉塞爾斯這一頁看，所以書本總是一翻就翻到那一頁。正在奇怪他幹嘛盯著我看，他忽然意味深長地說：

「你有白頭髮喔。」

說著想碰觸我的瀏海。我這可能是少年白。頭髮短，所以有時白髮格外顯眼。我拍開他的手。

「我喜歡自己發現自己的白頭髮，不喜歡被別人看到。」

「我幫你拔掉。」

「不要。」

「可以摸你的頭髮嗎？」

「我的頭髮還濕著呢。」

「已經半乾了。」

我有點懷疑，這個小鬼，該不會把我當傻子吧？但志門似乎沒那個意思。

他觸摸我的頭髮，用手指替我梳理。

「好了，快去沖個澡，我趁這段時間去弄飯。」

連想吃的鞬鉏沙丁魚，結果被我和志門吃掉了。

志門就像一般年輕男孩，起初說他討厭吃魚、沒吃過沙丁魚，可是一大盤沙丁魚被他一掃而光。

剁碎的魚肉加了蒜泥與薑汁，再配上大量蔥花與辣椒蘿蔔泥，清爽的鞬鉏沙丁魚美味可口，再多都吃得下。還有油炸沙丁魚，鹽烤沙丁魚。

院子裡長的蜂斗菜昨天已泡過水去除澀味，我紅燒之後做成山菜飯。只喝了一點啤酒，我們幾乎都在專心吃飯菜。

「飆車族不知會不會再來。」

「你可別做危險的事喔。」

「不是啦，我是想，飆車族如果來了我就可以一直抱著咪咪。」

不知不覺，他開始直呼我的名字。

真是被這一家人打敗了。

「如想吃就吃、想做就做的作風，他們似乎想說什麼就說什麼。

「你喜歡我？」

「喜歡。不過咪咪喜歡那個大叔吧？」

「對呀，至少現在還沒厭倦。你討厭他？」

「不，不討厭。有時覺得比我老爸老媽好多了。算了，我家的家務事就別提了。——話說回來，那個大叔，讓咪咪等了這麼久，為什麼不來呢？」

「他就是喜歡讓別人等。心裡覺得隨時都可以去，一邊匆匆工作的狀態，好像是他的無上樂趣。」

「真搞不懂中年人的趣味。」

我倆一起洗盤子。討論彼此喜歡和討厭的東西。

我喜歡的，是無花果、撲克牌的「神經衰弱」遊戲（註：一種傳統的翻牌記憶遊戲，在日本頗為盛行）、草莓牛奶、小狗、煙火、別人的八卦。還有《危險關係》的梅黛侯爵夫人。

志門說他討厭的是狹小的地方、朝日新聞、裝可愛的女孩、喝得爛醉的年輕女子、鮑魚的腸子。

我忽然說：

「你找到工作了嗎？」

「你看你看，正經八百講這種話的歐巴桑最討厭了。其實你根本不關心。」

「的確。不提那個，我倒是更想了解一下『你是否已嘗過女人滋味？』之類的問題。」

「說到這個才慘……」

志門噗哧一笑。他說某晚第一次開葷，結果此事偶然被友人說溜嘴，讓他老媽發現了，結果老媽震驚之下居然哭了，還在床上躺了一整天。

「那是為什麼啊？我開葷這種小事，她明明可以假裝不知情就沒事了。」

我想起曾與連討論過家庭很猥褻，但我沒吭聲。不過就算志門講這種話，反正我不是他的母親，當然不會震驚，也不覺得淫靡。我反而覺得他那個為此大哭的母親更淫靡。

喝著冰涼的威士忌蘇打，我和志門在桌上排出撲克牌開始玩「神經衰弱」。

我自有一套記憶的方法，因此對這個遊戲有那麼一點自信，不斷掀牌湊成對，牌愈來愈多。

為了怕撲克牌被風吹走，已關上窗子，不過並沒有那麼熱。

由於關著窗，聽不見戶外動靜，但最主要的，還是因為我全神專注在「神經衰弱」。

「欸，你聽見沒有？」

志門拍拍我的手說。

被他這麼一說，才發現有轟隆噪音逼近。

「他們來了。」

志門打開窗子。隔著院子的樹叢，大門外是成排車頭燈，志門走出玄關。對我問的那聲「不會有事嗎？」置之不理，逕自倚靠鐵門，大聲說：

「晚安。」

那些男人好像說了什麼回應他。

我打開電視。因為我想，這時候讓那些人以為屋內還有很多人在，或許對我們更有利。

「這裡不能通行喔，有竹林，不好意思，請你們不要穿越院子。」

志門如此表示。不知是怎麼談的，男人們的摩托車自鐵門遠去，開始下坡。

我還以為他們又會像昨晚一樣在別墅周圍繞行包圍我們，沒想到他們就這樣下了坡揚長而去。

這些人本來就很隨興，志門一邊這麼說，一邊模仿著說給我聽：

我叫他們「請不要進院子」，男人們回答「誰要進什麼北七院子哩」，令志門感到很有趣。

他說那些人其實都是十七、八歲的少年。

志門倒是看起來老神在在，但我很緊張，說得誇張一點，我真的是手心捏把冷汗，深怕志門被他們怎樣了。

如果是連，我還不會這麼擔心，但志門還年輕，所以我杞人憂天地擔心他會向年紀相仿的那群人挑釁。

志門關掉玄關的燈，朝我走來說：

「幸好沒事！」

說著我忍不住摟住他的腰，緊緊擁抱他。

「嚇死我了。」

「我喝醉了，所以才能那樣泰然處之地談判。如果是清醒的狀態下還不知會怎樣。」

志門接著說「我喝醉了，不管做出什麼事都不能怪我」，一邊摟住我的肩想吻我。我扭身躲開。

「啊。志門，要不要吃馬芬？」

我端來整籃堆積如山的葡萄乾馬芬蛋糕。麵粉加泡打粉加雞蛋與牛奶、沙拉油，揉成麵糰後用烤箱烘烤。這道糕點，做法雖簡單但看起來很漂亮，好像很好吃。

志門說：

「不要。我討厭吃那種東西。」

——我這才想到，連雖然愛吃我做的菜，但他好像也討厭糕點。

我們各自回房間睡覺，志門大概是累了，似乎立刻熟睡，悄無聲息。

翌日下雨了。

本來打算與志門去飯店的泳池，這下子計畫泡湯。

「下雨天也會打高爾夫球嗎？那位大叔，應該會來吧？」

志門好像只關心連到底會不會來。他茫然看著窗口說：

「昨晚我喝了很多。」

「有那麼多嗎？」

「半夜我又下樓來喝酒。」

「哎呀呀。」

「半夜開始下雨，所以我邊看雨邊喝。想了很多事情。本來打算把你叫醒跟你說。」

我正在做早餐要吃的原味煎蛋捲。

「比起說話，我更想跟你滾床單。不過，之所以沒那麼做，是因為那個大叔早就算準了這點。我可不想讓那個大叔正中下懷。」

我也覺得志門說的或許沒錯。連雖然煩惱我與志門會不會發生那種關係，同時卻也暗懷期待，說不定因此更加投入工作，做得愈發起勁。雖然心裡一直惦記著這邊，但那或許同時也化為動力，讓連更加不肯來。我說不定只是被連利用來激發他對工作的熱情。

志門或許是因為喝太多酒加上下雨，臉色青黑浮腫。

院子那尊粉紅色大理石女神雕像在雨中閃著水光，地磚倒映青葉，只有雨聲籠罩整個世界，我忽然說：

「志門。今天我們就離開這裡吧？我不想再等了。」

「嗯。」

「我倆一起去別的地方吧。」

「好啊。」

我在下雨的窗邊緊緊摟住志門的腰。

志門的頭髮與嘴唇都很軟。

沒有麵包可以搭配煎蛋捲。我驀然想到可以用馬芬代替麵包，這才發現自己其實也不太喜歡吃馬芬。只因為外觀好看，為了自我滿足才烘烤罷了。

我沒有任何行李，只帶了化妝品與少許衣服，以及澀澤龍彥的書——啊，還有志門這個更大的物件——我離開這可以看海的美麗別墅。

雨下個不停，煙雨濛濛的海上有船隻來往穿梭。

直到下雪為止

這房子可真陰暗。大門半是腐朽，被茂密樹叢堵住入口更顯狹小。踏腳石布滿青苔，玄關更陰暗。沒有門牌。

出來迎客的女性年約四十，打扮就像個普通的家庭主婦。毛衣配裙子，腳上穿著白襪。

以和子報上大庭之名。

「請進。客人已經來了。」

女人的語氣尋常，雖然沒有親切陪笑，但表情沉穩。似乎早已習慣接待客人。

屋內彷彿被溪霧浸濕冷徹骨髓。屋子本身似乎頗為古老，走廊陰暗，也有關著門的房間，但感覺不到人的動靜。走廊地板冰冷得令人悚然。

女人倏然在走廊左轉。

「就是這間……」

她屈膝跪地，朝室內揚聲。

「客人到了。」

——然後彬彬有禮地雙手拉開泛黃的紙門。

大庭坐在窗邊。

女人離開後，以和子脫下大衣。

「抱歉遲到了……你等很久了嗎？」

以和子的聲音向來很小。

在她任職的大阪安土町布料批發店，也經常被人這麼說。

但她的聲音清澈明晰，即使音量小，好像也不會讓人感到不快。面對大庭時，她的聲音總是變得更小。

「哪裡哪裡，也沒多久。」

大庭態度閒適地說，以和子覺得他顯然是等了很久。

「這房子好陰森……」

「嗯。不過，可以吃到美食喔。我只來過兩次。我是想，一定要讓你也嘗嘗。」

大庭是五十一歲的男人，聲音仍宏亮有力。聽說他在學能劇的謠曲，或許是那個緣故。

他曾邀請以和子加入能劇聚會，被她託辭「唯獨那個就是不開竅……」推掉了。

大庭和妻子據說也學茶道，但以和子也不碰茶。

「不好意思，我毫無教養。」

她曾這麼說過。

「那不算是什麼教養。女人真正的教養，應該像你一樣，喜歡『那個』才對。」

大庭開玩笑說。

「不，不是女人的。應該說是人的教養吧。能夠從容享樂的餘裕就是人的教養。」

「你瞧，我年紀也大了。到了四十六歲，和旁人還有什麼差別呢？」

「差別可大了。這樣的女子，看似尋常偏偏難以尋覓。若去花街柳巷會染上滿身銅臭，良家婦女又會被浮世的道德倫理束縛……」

「呵呵呵呵。」

「只有你不同。像你這樣的人，難得一見。」

她和大庭才交往一年左右，雀躍的心情始終不曾淡去，以和子與心儀的大庭初見的瞬間，便羞於與他四目相對。在含笑的大庭凝視下，她垂下眼簾，不久便哭了。彷彿混雜喜悅與羞澀，激昂的期待幾乎令她喘不過氣，那種心情終於受不了緊張的壓力頹然瓦解，甚至開始覺得「要是沒來就好了……」，腦子一團混亂難以收拾。這種時候，以和子的肌膚，會緩緩泛出遲疑的血色。

看似纖瘦是因為以和子善於打扮及姿勢良好，其實她的身材頗有分量。她膚色暗沉，是瓷器那種有底蘊的白。細緻的肌膚，與大庭見面時，彷彿自深處亮起燈火，帶有淫靡的光彩。

被大庭拉到身邊，以和子囁嚅：

「……剛才的人……還會出現。」

大庭充耳不聞。

「沒事，這裡樣樣事情都很慢，是慢動作。先暖和一下否則會受寒。」

他以含笑的聲音說。

室內只開著一個小電暖爐，好像是連暖氣都沒有的傳統建築。大庭渾身毫無贅肉，擁有肌肉結實的身體。以他這個年紀而言算是個子很高，骨架子也大。因為有一身堅實的肌肉，看起來顯得很魁梧。

「以前我這樣就算是大塊頭了，不像現在的年輕人個子都很高。」他曾這麼說過。

以和子被大庭抱在懷裡，每每總在想：

「為何能夠鑲嵌得如此契合？」

她不禁嘖嘖稱奇。那種被擁抱的方式，以及男人落在她唇上，彷彿暖雪的柔軟雙唇，好像一切都完美契合。與其說身體，或許更像是人生的框架完美契合。而且大庭的身體雖然堅硬，以和子卻不覺堅硬，手臂舌頭嘴唇都柔軟得無邊無境。一點也不覺得是男人的身體，倒像是生命本身的黏稠汁液。身體自己發出滿足的嘆息，而那嘆息包覆了以和子。

這種感覺，在昔日交往過的那些男人身上從來不曾擁有。在大庭之前，是久野這個三十八、九歲的男人。

以和子在布料批發店做會計已有十幾年。店內員工有三、四十人，薪資低廉，充滿家庭氣氛。看似不起眼又內向拘謹的以和子，被當成粗俗平凡的女事務員。或許就如同以和子姊姊的想法，世人也認為她是「嫁不出去的沉悶老小姐」。但在情場老手看來，以和子的身邊不知何處好像散發出某種東西，或者說是自然滲透出某種風情，總之那引來了風流浪子久野的接近。

以和子只挑選看破自己身上某種風情主動接近的男人，私下悄悄來往。她無意結婚，因此與男人的逢場作戲也頗有樂趣，過得很充實。

（最好能玩到七老八十……）

以和子暗想。想到老了也能為戀愛燃燒生命就感到很滿足。男人就是以和子的嗜好之一。

久野第一次和以和子上床時，

「果然……果然如我所料。」

他因深深饜足而以沙啞的嗓音低語。

「你是指什麼？什麼東西如你所料？」
「肌膚。看著你的臉孔，我猜想你肯定有美麗的肌膚。還有聲音也是。」
「聲音？」
「對呀。是好色的聲音。」
「……這種話，從來沒人對我說過。」
「那是世間的笨蛋不懂得欣賞。內行人就知道。」
「我可不是故意要發出好色的聲音喔……」
「不是，該怎麼形容才好呢，你的聲音會讓人產生種種想像……比方說，這女人應該知道這招吧，被這樣擺布不知會有什麼反應等等，讓男人感到煩惱，說到男人的想像，那全都是煩惱……」
「可是，我從來不受男人青睞……」
「少來了，你的好色很有深度。就像小火慢燉，味道變得分外濃郁，濃縮出精華了。」
久野這男人很笨，但他用了煩惱這個字眼，而且能夠嗅出以和子「濃縮出精華」的氛圍，所以以和子認為他還算差強人意。只不過風流浪子畢竟底蘊太淺，以和子很快就厭倦了。相較之下是久野尚未濃縮出精華。以和子很想叫他回鍋再用小火好好慢燉一下。

所謂逐鹿者不見山，如果玩得太放蕩反而顯得粗俗下流，再也看不見女人心，不，或許還是與天性有關吧（這點如果與大庭比較就會很明顯）。

以和子與久野聊天時非常無趣。下了床的久野沒有任何可取之處，只是一個不時習慣抖腳的小鎮二流印刷廠老闆。他會搖晃著身體，談論他輾轉聽來的某宗教團體的八卦內幕。久野的母親與妻子是那個教團的信徒，久野也為了拉生意被迫加入，但他講來講去都是在講教團主事者的壞話。

以和子對他急速失去興趣，久野或許認為是他「玩過了」以和子，但其實是以和子這廂覺得「那種貨色，不中用……」主動拋棄了久野。久野的長相還不錯，戴著細框眼鏡頗有點風流壞痞子的魅力，他自己似乎也很清楚這點，當初以和子就是忽然覺得他那種調調很有趣。

唉，問題是，一切拿來與大庭相比就都沒了顏色。目前以和子全心迷戀大庭，被他絆住了腳。

大庭是京都九條的木材商。以和子有段時間特地去京都學習插花，就是在那個嵯峨御流的插花教室遇見大庭。當時大庭偕同妻子一起來，聲稱「是被內人硬拉來的」。

大庭的妻子戴眼鏡，臉頰豐潤，是個看起來親切隨和、膚色白皙的京都美人，夫妻倆的感情好像挺不錯。

不愧是京都，插花教室也有許多年輕男子與中年男人來學習。以和子是在老師的推薦下特地來京都上課，但是和上班時間漸漸發生衝突最後只好中止上課。

她不打算將來靠教授插花維生，也無意考取插花執照當作嫁妝，純粹只是自己喜歡才去學插花，因此開始或結束都很隨興自由。

「您不能再來了嗎？那真是太可惜了。」

大庭這麼對她說。將近一年的時間，每次在教室碰面，他們頂多只會寒暄兩句「您好」、「天氣真熱」、「今天好冷」這種話。

「還能再見到您嗎？」

大庭溫柔地這麼說，以和子驀然被大庭包住雙手。天氣正冷，沒戴手套的以和子，覺得大庭的雙手好溫暖。而且，像是雙手合十似地被男人的手心牢牢包覆，也是有生以來頭一遭。以前就算和男人睡覺也沒被包覆過雙手。

那時，她覺得：

「這是個柔軟的男人。」

彷彿異次元軟體動物般被大庭纏繞，以和子想，「這倒是很適合」。她覺得某處似乎完美「嵌合」。

但那時候，以和子並不打算與大庭牽扯不清。過了一年，她接到大庭的電話：「我來大阪了……」大庭聲稱來橫堀辦事，與她相約在南區見面，從那晚開始持續關係。一個月幽會一次，或者兩個月三次，但他從來不會留下過夜。迄今已有一年半。有句話說「日子像作夢般眨眼即逝」，以和子對這句話有刻骨銘心的感受。

表面上她十年如一日被稱為「山武羅紗（毛呢）」的「事務員小姐」，

跑銀行，用電子計算機核算帳單，記帳。會計部門有個身為社長親戚的資深會計員，因此以和子不用負責。有時也得泡茶掃地。她雖低調卻很親切，客人對她印象也很好，似乎被認為是恰到好處的歐巴桑。

她總是梳同樣的髮型，拎著舊皮包，午餐吃自己做的便當，搭地下鐵通勤。住在鷺洲便宜的民營公寓，店裡的人都知道，她每次只買一張彩券放在皮包裡。就算叫她留下來加班她也欣然接受，津津有味地吃著店裡叫來的豆皮烏龍麵，連麵湯都稀哩呼嚕喝得一滴不剩。然後把大家用完的麵碗疊到一起，俐落地端去茶水間清洗，無論在何處都恰如其分，是深受重視的女幫手。

店裡雖然不時會雇用年輕女孩，但那些女孩一個個因結婚或跳槽而離去，唯有以和子「永遠都在」。

永遠都在的以和子，讓店裡的人和客人都很安心，就是那樣的存在。

所以銀行櫃檯喊到：

「山武羅紗小姐！」

光看到應聲站起的以和子，誰也不會發現她的人生其實正在恣意品嘗「日子像作夢般眨眼即逝」的樂趣。

每次想到與大庭的交往（以和子不願按照這年頭的說法稱為性交。她覺得那樣很不像話，毋寧稱為情交更妥貼），以和子便幾乎從頭到腳都沉溺在好似哀愁的愉悅浪濤中。那時，她會忽然感到：

「可以感覺到子宮在哪裡……」

有句打油詩說，甘甜的水讓人發現胃在哪裡，正如人可以清楚感到冷水流過體內落入胃袋，好像也可以感覺到子宮在何處。以和子初潮來得早，因此或許停經也早，從去年就好像遺忘了月經的存在。用遺忘來形容很是貼切。以和子也快遺忘昔日曾是流血的女人。向來總是私下暗想「現在這樣最好……」的她，停經也就停經，對此沒有任何感傷或感慨。照這樣看來就算摘除子宮或許也會這麼想。

以和子認為「可以感覺到子宮在何處」的那個子宮，不是現實的子宮，而是女人的人生本身。

是證明女人活著的極端核心。

每次想到與大庭睡覺的樂趣，就好似有藥性強烈的溫水靜靜從體內往下流。雖不知何時會與他分手，卻一直都有「老天爺讓我遇見了好人……」這種一想起便想笑的滿足感。當然，以和子壓根沒有與大庭結婚的欲望。更好的是大庭也沒那個意思。

大庭和妻子很恩愛，是個兩邊分寸都拿捏得很好的男人，這點也很好。以和子認為大庭是有婦之夫這件事，就跟銀行櫃檯這十幾年來都喊她「山武羅紗小姐」是一樣的。那種事一點也不重要。就和匯款、入帳一樣，不過是家常便飯罷了。

「可以打開窗子嗎？」

以和子小聲說。一旦接吻便如冰雪融化，以和子會渾身癱軟接納大庭，但剛見面時總是會害羞得好似頭一次有這種機會，弄得自己面紅耳赤。

「你這個人每次都沒有『後續』。一次就此完結，然後又重新開始。」

大庭曾這麼說過她。以和子自己也想過，為什麼會這樣，但與大庭見面時就是會害羞，連自己都感到棘手。

「好冷。」

大庭說著，卻拉開紙窗給她看。隔著檜葉與杉林可以看見對岸的嵐山，天空是灰色的，陰鬱的墨綠色山坡上，不時有變色的樹木宛如斑斕虎紋。

「你在京都最冷的時候來到最冷的地方呢。」

大庭說著笑了，但以和子對京都的寒冷並不覺得不快。聽說用冰水研磨，刀子會比鏡子更亮，京都的寒冷就有種颯爽的嚴酷。

剛才的女人從走廊稟報：

「為您送茶來了……」

的確如大庭所言，過了這麼久才送茶來，還附帶麩豆沙餅當茶點。女人離去後，以和子說：

「這是『麩嘉』的點心吧，就是椹木町通那家……」

「對對對，外面包竹葉。你愛吃嗎？」

「愛吃呀。我要開動了。」

取下竹葉後，咕溜滑過咽喉的麩豆沙餅，冰涼濕潤微甜。彷彿要細細享受舌尖風韻般捲起竹葉。

「這個葉子的味道也好香……」

「應該是鞍馬山間的竹葉吧，否則這一帶已經找不到色澤好看又有香氣的竹葉了。」

屋內沒有人的動靜，鴉雀無聲。但不時也會聽到開往松尾方向的汽車聲。

「這裡沒有掛出餐廳的招牌耶。」

「生客進不來。一天只接待兩組客人，全靠家裡的人經營。除非是透過熟客介紹否則來不了。還可以過夜喔。白天就能泡湯，不過浴池很古老，很像會有鬼怪出現……」

「都是些什麼樣的客人來？」

「像我們這樣的人。名人好像也會來。京都是個內蘊很深的城市，像這樣的地方多得很。」

「那你一定知道很多吧。」

「像這樣的地方嗎？」

「不是。我是說會和你一起來這種地方的女人。」

「之前是，但現在就只有你一個人。你要我講幾遍。」

「沒問出答案前，幾百遍我都要問。」

「真可愛。」

大庭笑嘻嘻說，看看手錶。

「肚子餓了吧？」

「對。不過想到有大餐可吃，就很高興。」

「來到這裡，萬事都得放慢步調，不過大概是習慣吧，忍不住性急地看手錶。」

大庭算是比較穩重、慢條斯理的男人，就連這樣的他都會忍不住「性急」，可見這裡的上菜速度真的是龜速。

「你的時間沒問題嗎？」

以和子替他擔心。

「嗯，今天沒關係，可以慢慢來，倒是你，應該很忙吧？」

以和子的店，最近終於變成週六上半天班，所以可以在京都多待一會時，就約週六見面。大庭晚上與週日都不會外出。

「沒事，只是出去見個人。」

昨晚姊姊打電話來，聲稱要替她安排相親。以和子說，「我不打算結婚。」但姊姊說，「你也用不著這樣自暴自棄吧？」

甚至還對她說教：

「你這樣劈頭就拒絕還怎麼談下去。別人的好意，你好歹該說聲謝謝接受才對。」

「要不你先看一下照片吧？」

「不好意思，我想看了也沒用。」

「明天我去你公司附近，等店裡打烊了再碰面。」

姊姊自行決定，以和子不得不在店附近的咖啡店與姊姊會面。雖然她已經盡量避免觸怒姊姊，小心委婉地拒絕了。

「是我老公工廠的得意主顧，去年死了老婆。家裡只有老太太和兩個女兒。不過，兩個女兒應該很快都會出嫁。你今後一個人老去，想必也很徬徨，不如鼓起勇氣結婚。那人也很有錢喔。」

「我不需要錢，對於將來也不覺得徬徨。等我老得動不了了，願意收留我的老人安養院到處都是。」

「那怎麼行。」

「我這人很任性，我想我絕對不可能嫁到別人家對人讓步。你還是饒了我吧，姊姊。」

「不行嗎？我覺得這是樁好親事。對方五十三歲，雖然有點高血壓但是還很健康。」

「我是個半吊子，不會做菜也不會別的，不可能勝任別人的妻子。」

她一口咬定這個藉口。

以和子其實愛做菜，也不討厭瑣碎的家事，但她不願為了別人做這些事。也壓根不打算把大庭帶回自己的公寓。替大庭煮消夜、烹調早晨的味噌湯這種事，她從來沒想過。也無意扮演賢妻或是模擬婚姻生活。

姊姊強調將來的養老問題，但以和子善於經營分到的那一點點父親遺產，至今有增無減。會計課的男人喜歡談股票與賺錢的話題，每每總會提供她什麼好主意，因此以和子自然學會如何理財。她貸款買了東區一間公寓，收取租金租給別人。一天大半時間都在外，所以她不打算自己住，純粹是為了投資。這件事她沒有告訴姊姊也沒告訴弟弟們。雖然姊弟都斷言以和子肯定存了錢，不過看到以和子簡樸的生活，他們猜想那筆錢八成沒多少，頂多只是靠遺產吃老本，最近經營建材行的弟弟也不再開口向她借錢了。

不過以和子靠著之前的炒股熱潮狠賺一筆，她沒告訴任何人，自己的資產其實已翻了一倍。她從沒想過要自己開店或是做什麼生意。只要「山武羅紗」這間店還在，她就打算繼續韜光養晦悄悄當個「事務員小姐」。想必連大庭也不知道以和子有那種能力，但那種莫名的自信或許塑造了以和子的部分魅力。

正如以和子沒有對大庭坦誠自己的資產，她也沒讓大庭發現自己對身體的保養與雕塑不遺餘力。就算牙齒好好的，她也甘願花大錢頻繁看牙醫，把一口小巧的牙弄得整齊美觀，也常去洗三溫暖做按摩細心打理。雖然隨著年紀增長必然會日漸老去，但她秉持低調風格，向來總是裝扮得清爽大方。每晚會喝五勺酒，而且是因為聽說日本酒可以讓皮膚更水潤有光澤。——但比起酒或其他，最能滋潤肌膚的還是男人。以和子雖然從未結過婚，卻已對結婚毫無夢想。對結婚不抱夢想後，好像突然開竅似地心情格外自由自在。但那種快樂無法向世人吐露。

菜終於送來了。燒烤味噌醃漬的當歸與白鯧魚，還有甜蝦與吻仔魚、岩耳涼拌。

還有一道菜。

「小心燙喔……」

女人說著，端上桌的是鯛魚頭。彩繪的厚重美麗瓷器中，魚頭與鯛魚肉被熱騰騰的蒸氣籠罩。

「這個可以暖和身子很好喔……」

大庭很高興。

「先乾一杯。」

說著替以和子斟酒。

薄得透明的清水燒酒杯，注入淡金色酒液，以和子也替大庭斟滿酒。以和子嫣然一笑。

（這種情形，不知還有幾回？）

她喝下酒，暗想：

（現在，就算猝然死去也了無遺憾。）

以和子在久野之前有過一段姊弟戀，那人和久野一樣，節奏不合令她很困擾。唯一可取之處就是年輕力壯生猛有勁，以和子只是看中他那種熾烈青春，其他地方簡直令人頭痛，很糟糕。看著完事後默默穿上衣服的青年，以和子甚至覺得：

（在這空空如也的腦袋中，不知想些什麼？）

那種空虛感，自從邂逅大庭後目前還沒出現過。夾起一塊甜蝦，冰涼感滲透齒頰，放在舌上——

「……噢噢，真好吃。」

與大庭相對微笑時，如此感嘆著令人格外欣喜。大庭說：

「的確，跟你很像。」

「哪裡像？」

「我想吃以和子……味道嘛，很相似喔，我是說那裡。」

「色狼！」

這樣淫靡的對話也是一樂。

「多喝點酒。這是伏見本地產的酒。」

「還有菜要來吧？」

「對，不過又要等很久……哎，慢慢來吧。這裡可以安心待到晚上。走廊對面的房間好像也準備好了。」

以和子一下子醉意上來，臉孔似乎發燙了起來，假裝沒聽見大庭說什麼。

「這裡好安靜。」

說著，她又拉開紙窗。樹木茂密，看不見馬路，但這麼冷的天氣，想必路上也沒有觀光客。冰凍的陰霾天空，似乎已暮色蒼茫。
大庭看著壁龕掛的捲軸。
「這是某個和尚寫的吧。和尚經常自我發揮，寫得很潦草……」
「寫的是不是白雲什麼什麼？」
「底下還有嵐山什麼什麼。」
大庭雖然有一陣子也被迫學過書法，但他抱怨就是學不來。他說，累死人了。
「我也學過一點點。但我跟你一樣，不知怎地就是無法定下心來。或許天生就欠缺專注力吧，但是按照老師寫的範本臨摹，讓我感覺很空虛，況且，反而更不耐煩，寫著寫著就想起以前很生氣的回憶。」
以和子這麼一說，大庭笑了。
「的確，不知怎地就是會那樣。書道這種東西，或許只有自己的精神飽滿充實，變得好戰時才寫得出來吧？當我想你想得陶醉時怎麼寫得出來。我至今字還是寫得很醜，都不好意思提筆。學習書法讓我發現自己原來容易發脾氣。」

「我覺得繪畫比較好。我去水彩畫教室上課，隨便怎麼弄髒畫紙都沒關係，可以啥都不想盡情嬉戲。」

「或許吧。我也去過俳句聚會，那才真是讓人冒冷汗。要精通到一定水準固然很累，就算是笨拙的初學者也好不到哪去，比起俳句，都在講男女之間的八卦。」

大庭也喜歡玩相機，不打高爾夫球後，他說反而「變得更忙」，現在統統都不玩了，他溫聲說：

「現在專注在以和子你一個人身上。」

以和子聽了，只是默默微笑，但她豎起耳朵聽著那句話，牢牢記在心底。她每次都是抱著「這是最後一次」的心情與大庭相會，因此下次再見面時心情恍然如夢。雖未告訴大庭，但以和子自己其實在想：

（簡直像是殉情前夕的男女……）

盡可能貪求一切享樂。有幸遇見能夠做這種事的對象，令以和子萬分欣喜。一邊抱著那種期待，一邊這樣靜靜地東拉西扯閒話家常的時間，也很好。

慢呑呑吃完後，下一道菜還是沒來。大庭穩如泰山。

「不能心急，這裡人手不足。」

以和子起身去洗手間。大庭提到的走廊對面的房間關著門，但是沒有任何人的動靜，於是她悄悄拉開一條門縫偷窺，只見舊式的移動式掛帳當成屏風豎立，裡面好像鋪了被子。以和子從來不知道有這種地方悄悄接待客人送往迎來。因為之前她與大庭幽會多半利用市內的飯店。

這裡的廁所雖是水洗式馬桶，卻很寒冷。從窗口望出去，隱約可見嵐山的部分地區正飄落白色的細雪。以和子一邊上廁所，一邊突如其來想到，明天必須打電話給箕面的房屋仲介商。對方之前通知她有個不錯的物件。她打算如果還不錯就買下，在那塊土地蓋房子後租給別人也行。不過賺錢並非以和子的夢想，當然她也不打算主動奉獻金錢給男人。錢很重要。看著身為鐵工廠老闆娘，渾身沾滿金屬粉末弄得皮膚粗糙的姊姊，她就覺得「錢才是唯一的依靠」，心頭不由一緊。

她也不想花錢買男人。那種連幽會的費用都讓女人出的男人，光是之前那個年紀小的情人就已讓以和子受夠了。

尤其是關於錢，以和子就連在大庭面前都不敢大意，從未吐露自己的資產。如果大庭開口借錢，以和子想，自己或許會借給他，但那畢竟只是想像。

以和子現在覺得，自己應該不可能那樣做吧。因為那不合乎以和子的性子。寧可去陪酒賣笑、從事與性交有關的行業，她也無法想像自己拿錢去倒貼男人。這和喜歡大庭是兩回事。

「你看……下雪了。難怪這麼冷。」

吃完飯迅速泡個澡，已過了五點。

大庭穿著浴衣拉開窗子，用柔媚如女人的口吻說。有掛帳屏障的房間更古老典雅，房門上方的雕花通風口也看似被燻黑。這邊的房間看不見嵐山，鬱鬱蒼蒼的樹木遮住窗口。雪花從樹梢之間飄然落下，暮色早早便已降臨。

大庭穿起浴衣有模有樣，很稱頭。或許他平時在家習慣穿和服。腆出肚子，臀部也顯得特別翹，繫上男用腰帶後；身形顯得格外服貼挺拔。以和子已經先鑽進被窩，看著大庭的背影。以往都是與大庭去琵琶湖畔的飯店或大阪的皇家飯店，每次都是一邊想著「要讓自己隨時分手都無怨無悔……」一邊盡情享受，所以與大庭的關係，打從相見那一刻起已成恍如前世的遙遠過去。她並不打算連死後的未來都在一起。以和子不認為人死後真的能去極樂淨土見到菩薩。

她已了悟，眾生一旦死去便化為粉塵。

被大庭取笑「你這人每次都沒有『後續』。一次就此完結，然後又重新開始」，的確說中了某些部分。

以和子眼中洋溢濃稠的光芒，看著大庭。那甚至堪稱猙獰，是惡劣的視線。她喜歡大庭小心翼翼的手勢，熱衷的好奇心。

大庭鑽入溫暖的被窩中。

男人的手解開自己浴衣的衣帶時，以和子總會感受到「第一次！」的悸動。自己也不知道在做什麼，只想按住大庭的手腕，抑制他的動作。即便如此——

「是這裡吧……」

大庭會用分外溫柔性感的聲音在以和子的頭部上方悄聲說。他的手指正輕輕沿著以和子柔軟的陷阱邊緣來回遊走。

「直到發現白色的東西後，男女才會快樂。樂子還在今後呢，你就拭目以待吧……」

今後的事無人能預卜。以和子終於任由大庭脫下整件浴衣，絲毫無法習慣的羞澀令以和子口乾舌燥。彷彿可以聽見下雪的聲音。

小文藝　002

喬瑟與虎與魚群

作者　田邊聖子
譯者　劉子倩
特約編輯　蔡曉玲
美術設計　POULENC
編輯行政　高嫻霖

發行人　林依俐
出版　青空文化有限公司
106台北市大安區敦化南路二段105號
10樓
讀者服務信箱：service@sky-highpress.com

總經銷　大和書報圖書股份有限公司
電話　02-8990-2588
印刷　前進彩藝有限公司

出版日期　2019年7月　初版一刷
2022年1月　初版四刷
定價　320元
ISBN　978-986-96051-4-4

國家圖書館出版品預行編目(CIP)資料

喬瑟與虎與魚群 / 田邊聖子著；劉子倩譯. -- 初版. --
臺北市：青空文化, 2019.7
288 面；　10.5 x 14.8 公分. --（小文藝；2）
譯自：ジョゼと虎と魚たち
ISBN 978-986-96051-4-4(平裝)
861.57　　107006154

青空線上回函